小学館文庫

小説 カノジョは嘘を愛しすぎてる

豊田美加　原作／青木琴美
脚本／吉田智子　小泉徳宏

小学館

小説 カノジョは嘘を愛しすぎてる

——ごめんね。
付き合い始めたあの頃、僕はこれっぽっちも君のことが好きじゃなかった。
全部嘘《うそ》だった。
でも嘘ばかりつく僕のことを、カノジョは〝正直な人だ〟っていうんだ……。

Intro

満員の客席の中で、いったい何人の耳がギターとベースを聴き分けているだろうか。誰もが、メロディのメインはギターだと思っているかもしれない。でも、そうじゃない。最初に迫ってくるのは、ベースだ。

CRUDE PLAY——略してクリプレと呼ばれているバンドのメロディは、いつだってベースが真ん中で鳴り響き、まるで鬱憤《うっぷん》を吐き出すかのように深くみなぎっている。

♪手のひらで操る毎日
　電波で片がつく毎日
人は本当に繋《つな》がっているのか？

選択肢がありそうで
みんなと同じになっていて
そんな自分が好きになれるかい?

僕たちが本当に確かめたいのは
体温、鼓動、汗、涙、
単純なもののはずさ

今すぐ　今すぐ
触覚を目覚めさせろ
君のビートでロックンロール鳴らすんだ
You can do it!　You can do it!
本能でかわしていけ
君のハートで未来を塗りつぶせ
自分で塗り替えるのさ

「そんな自分を好きになれる？」──フロントで歌っているのは、坂口瞬《さかぐちしゅん》。恵まれた容姿を武器に持つこのバンドのボーカルは、そのマスク以上に甘い声で女を虜《とりこ》にする卑怯《ひきょう》な存在。

大野薫《おおのかおる》のギターが跳ねる。

矢崎哲平《やざきてっぺい》のドラムが猛爆する。

そして、ピアノを弾くように美しく動く指で、篠原心也《しのはらしんや》がベースを奏でている。

デビューからわずか5年。この4人組バンドが売れたのは必然で、音楽という嗜好品《しこうひん》が無料で氾濫《はんらん》するこの時代に多くの熱狂を軽々とものにし、いまや日本を代表するモンスターバンドと呼ばれていた。

そんな彼らに、若者の街はまるで支配されているようだった。

商業ビル壁面の大型ビジョンに流れるクリプレのライブ映像を見て、信号待ちの女の子たちがさわいでいる。

アルバムチャート1位を獲《と》った3ｒｄアルバム『INSECTICIDE』の巨大広告が溢

れ、風景を埋め尽くす。

メンバーの顔とともに、クリプレすべての楽曲を手がける売れっ子サウンドクリエーターの名前が、寄り添うように記されていた。

『All songs by AKI』と——。

T R A C K 1

Side AKI

灰色にくすんだ東京の街が、足もと深くはるかに広がっている。その風景はまるで、秋《あき》の心を撮《うつ》しとったかのようだ。

小笠原《おがさわら》秋は、宙に浮かんだような高層ビルのヘリポートで、ひとり風に吹かれていた。

『悪い。全員仕事で少し遅れるわ。屋上で待ってて』

そんなメールを寄越したきり、瞬はなかなか姿を現さない。

『屋上、何もないんですけど……』

しばらくして、返信の返信がきた。

『上を見よ』

秋が夕闇《ゆうやみ》迫る空を見上げると同時に、騒々しいプロペラ音が屋上に轟《とどろ》いた。

「……かんべんしてよ」

着陸態勢に入った双発タービンのヘリが、少し伸びた前髪とコートを勢いよくあおる。

「激しくダサいよ……」

秋はうんざりしながら、スマホをポケットにしまった。待ち合わせがビルの屋上だなんて、どうもヘンだと思ったのだ。

ヘリの扉が開き、圧倒的なオーラを振りまいて瞬が降り立つ。続いて薫と哲平、最後に心也が降りてきた。

メンバー全員ステージ衣装の黒いスーツのまま。まるで映画のワンシーンを観《み》ているようだ。それに引き換え、デニム地のパーカーコートに斜めがけのメッセンジャーバッグ、ワークブーツという格好の秋は、いかにも場違いだった。

「迎えにきたぜ、秋」

キリッとした顔で瞬がいう。やれやれだ。

「……ヘリでくんなよ」

とたんに瞬は表情を崩し、がしっと秋の肩を抱いた。

「リムジンのがよかった?」

小さい頃から見慣れた、イタズラ坊主のような笑顔。

「タクシーで十分」

そもそも老舗《しにせ》洋菓子メーカーの御曹司である瞬に、秋のような貧乏人の息子の常識は通じない。

「お祝いなんだからいいじゃん」

薫が笑いながら、ふざけて肩をぶつけてくる。

「ヘリが大好きなくせに」

哲平もにやにやして秋をつつく。

「僕が好きなのはラジコンヘリですから」

3人に囲まれた秋はそっけなくいった。すかさず瞬が口真似《くちまね》して、薫と哲平が「似てる！」と大ウケする。

「帰る」

くるっと回れ右をした秋を、みんなが「ちょちょ、待てよ」と慌てて引き止める。

「スネんなよ」

「子供だなー」

みんなわかっているのだ。照れくさいだけで、本当は秋が地味に喜んでいること。じゃれ合っている4人を、心也がちょっと離れたところから眺めていた。まるで、見えない深い絆《きずな》で境界線を引かれているかのように。

「……じゃ、僕はここで」

「心也？」

秋は、ひとつ年下の天才ベーシストを振り返った。

「だってそれ4人乗りなんで。あとは幼なじみで楽しんでください」

口元は微笑《ほほえ》んでいるけれど、メガネの奥の目はちっとも笑っていない。

「僕は先にパーティー会場に行ってますよ」

淡々というと、片手を上げて去っていく。

「…………」

ありったけの非難を込めて、秋は瞬を見た。

「こっちも気遣ってわざとやってるんで。心也は心也でいづらいだろうし」

瞬の言葉に、秋は何もいえなくなる。

「いいから乗れよ秋。一緒に祝おうぜ、アルバムＶ３達成」

瞬が、ヘリの扉に手をかけながらいった。

〝ＡＫＩ〟という名前だけで公の場に顔を出さない秋のために、瞬たちが考えてくれたプレゼントに違いなかった。

「かんぱーい！」

上昇するヘリの爆音に負けないよう声を張り上げてグラスを合わせ、バカ話をして笑い転げる。

秋は、そっと安堵《あんど》の笑みを浮かべた。ファストフードのコーラがバカ高いシャンパンに変わっただけで、中身は何ひとつ変わらない。

卒業から5年。客席からひとりステージを見つめることになった今も、秋の心だけは、いつも仲間とともにある。

……なのに、なぜか胸のあたりが重くなっていく。

ふと視線を窓の外にやると、もう陽《ひ》は沈んでいて、宝石をちりばめたような美しい夜景が広がっている。

いつの間にか、秋の顔から笑みが消えていた。

（あの頃の僕は、だいたいが不機嫌だった。でも、どうして不機嫌なのか、はっきりとした理由は自分でもよくわからなくて――）

眼下に果てしなく続く不夜城を、秋はぼんやり眺めていた。


ヘリクルージングを終えた4人がはしゃぎながら地下の車寄せに出たとたん、目の前にバンが滑り込んできた。

「やっべ、高樹《たかぎ》さん」

薫が、悪さを見つかった生徒みたいな小声を漏らした。

開いたドアから降りてきたのは、着くずしたタキシード姿の中年男だ。

……せっかくの気分が台なし。

秋の顔が苦くなる。

高樹総一郎《そういちろう》。クリプレの所属する事務所『オフィスタカギ』の社長にして育ての親であり、日本の音楽業界で1、2を争う超有名プロデューサーだ。

この業界では珍しくもないが、40という年齢より、ずっと若く見える。今風にいえば、〝ちょい不良《ワル》オヤジ〟ってやつ。

「みんな早くお前たちを祝いたがってるぞ。秋、お前のこともな」

高樹は、人を食ったような、いつもの不敵な薄笑いを浮かべた。高樹にかかると、秋などまるで子供扱いだ。

秋は高樹を無視して、瞬たちに向き直った。

「……ありがと。楽しかったよ」

「行かねーのか？」

瞬が残念そうにいう。

「ああ」

だいたい華やかな場所は苦手だし、それに、高樹の顔を見た今は、とてもそんな気になれない。

視線も合わせず前を通り過ぎようとした時、高樹がふいにいった。

「世界平和！」

秋の足が止まる。

「描けたか？」

思わず顔がこわばった。ここは愛想笑いでも浮かべてソツなく受け答えするのが社会人の常識なんだろうけど、いまだに世慣れた大人にはなれないし、なりたくもない。瞬の半ば諦《あきら》めにも似た視線を横顔に感じながら、秋は何もいわないまま、背を向けてその場を立ち去った。

渋谷の街は、まだ目覚めたばかりだ。

車のエンジン音。カップルや女の子たちのおしゃべり。よくわからない街頭演説のしゃがれ声。音の洪水のようなスクランブル交差点を、秋は歩いていた。

——きっと、みんな気づいているだろう。秋が何かに悩んでいること。ヘリもシャンパンも、そんな秋のユウウツまで晴らしてはくれなかったこと。

壁面の大型ビジョンでは、さっき別れたばかりの瞬が歌っている。耳にイヤホンをつけた若者が、秋の横を何人もすれ違っていく。

「——……」

渋谷の駅は、クリプレの広告に乗っ取られていた。

「アルバム買った？」

109系ブランドのショップ袋を提げた女の子たちが、ホームでにぎやかにおしゃべりしている。

「ううん、でもネットで聴いたよー」

「そうそう、全曲あがってたもんね」

3人がスマホで観ているのは、クリプレのミュージックビデオらしい。ダウンロードはあっという間で、スマホは乗り換え可能なジュークボックスだ。

いつでも、どこでも、簡単に音楽が手に入る世界。それが悪いとは思わない。でもその軽さが、音楽をただ消費されていくだけのものにしている——そんな気がしていた。

でも、そんな世の中に向けた音楽の売り方も、確実にあって……。

秋は物憂い顔で、揺れる電車のドアにもたれかかった。

コンサート帰りらしく、人気アイドルグループのグッズを手にキャッキャと騒いでいる女子高生たち。

数年後、いったい彼女たちの何人がまだファンでいるだろう。

地下鉄の窓は、流れていく景色さえ見えない。一度乗ってしまえば、ただどんどん運ばれていくだけ。その終着駅には、いったい何が待っているんだろう。

――こんなふうな売れ方をしたかったんじゃない。消費されていくだけの音楽を作りたいんじゃないんだ。

嫌悪。恐怖。後悔。時どき、あらゆる負の感情に押し潰《つぶ》されて叫びだしそうになる。

高樹ならば、鼻で笑って甘ったれんなというだろう。「音楽なんて、売れなきゃ意味ねーんだよ」と。

秋の複雑な思いを理解しているのは、皮肉なことに、そのクリプレの人気を牽引《けんいん》するフロントマンの瞬だけなのかもしれなかった。

月島駅から、隅田川の堤防沿いに歩いて10分。以前は商業用の建物だったらしい5階建てビルのワンフロアが、秋の住まいだ。

荷物用の大きなエレベーターに乗り、2階で箱を降りると、自宅兼作曲スペースに直結している。天井が高く、窓が大きい。倉庫として使われていたようで、仕切りのない部屋には、天井までの棚が何列も造りつけになっていた。ベランダのすぐ下に川が流れているところも気に入って、引っ越し先を探していた時、即決した部屋だ。

奥のスペースにはベースにギター、アンプ、マイク、オーディオ類、パソコンの周辺にキーボードやコントローラーと、ありとあらゆる最新の音楽機材が揃《そろ》えられ、壁際のラックには数え切れないほどのCDが並べられている。

部屋に入った秋はまっすぐデスクに行き、パソコンのモニター脇に貼《は》っていた歌詞のメモ書きをくしゃくしゃに丸めて捨てた。

世界平和も人類愛も、くそくらえだ。

新規のセッションファイルを開いてシンセサイザーに向かい、コンビニで大量買いしたチョコレートを口に運びながら、曲作りに没頭する。

そんな秋を見守るように、使い込まれた1本の古いベースが、部屋の片隅に佇《たたず》んでいる。

高校の教室で友達のために作った曲は、いつの間にかチャートをにぎわすようになり、気づけば、すべてを手にしていた。

なのになぜだろう。何も持っていなかった頃より、秋はカラッポだった。

本当に欲しかったものは、何ひとつ持っていなかったからかもしれない。


灰緑色の水面に、朝陽が反射する。

気づくと、もう夜が明けていた。秋は名前をつけたセッションをセーブしてファイルを閉じた。メガネをデスクの上に放《ほう》り、大きく伸びをする。

曲を作りはじめると、いつも時間を忘れてしまう。

秋は立ち上がってキッチンへ行き、冷蔵庫を開けてミネラルウォーターのペットボトルを取り出した。

「できた？　私の曲」

繊細なガラス細工みたいに響く声。秋は、ため息とともに振り返った。

リビングスペースのソファベッドで、日本を代表する歌姫が妖艶《ようえん》に微笑んだ。

茉莉《まり》——初めて顔を合わせた時、一瞬で心を奪われた、残酷なほど美しい笑み。

「……きてたんなら声かけてよ」

「かけた、何度も」

むくれたようにいい、セクシーな下着姿のままソファベッドから起き上がる。

「……いったよね、もう二度と高樹のゴーストはやらないって」

秋はぶっきらぼうにいうと、ペットボトルに直接口をつけ、ダイニングチェアにどさりと腰を下ろした。

茉莉が、猫のようにしなやかな動きで歩いてきた。憎らしいほど、余裕たっぷりだ。黒いレースのベビードールが挑発するように揺れ、茉莉の完璧《かんぺき》なプロポーションがシルエットになって透ける。

「秋は私の恋人でしょ？」

茉莉が膝《ひざ》をついて秋を抱き寄せた。細い指がくしゃくしゃの髪を梳《す》く。こんなふうに香水《クロエ》のにおいが鼻腔《びこう》をくすぐるたび、頭の芯《しん》がカッと熱くなって、何も考えられなくなる。

でも、今度こそ最後にすると決めたんだ。

「茉莉……茉莉……頼むよ。もうこれ以上は無理だ」

クロエの香りの中で、秋はうめくようにいった。

「何が？」

——とぼけんなよ。秋はからだを離して茉莉の頭をつかみ、その目をにらみつけるようにしていった。

「お前がアイツと寝てるとこ想像しただけで気が狂いそうになる」

茉莉の手が止まる。

「……何いってるの」

「知ってんだよ。気づかないわけないだろ」

オッサンってやつは、心底いやらしいんだ。わざわざ同じ場所に印《キスマーク》をつけてくるなんて。

「もう限界なんだ」

秋は茉莉から離れ、立ち上がった。

「……子供みたいなこと言わないで」

三つ年上の茉莉は、時どきダダっ子をあやすみたいに秋を扱う。それが、甘くてうれしい時もあった。でも、期待しては裏切られて、そのたび「好き」の温度差にがく然とする。

「鍵《かぎ》は置いてって」

秋はそういうと、ラジコンヘリを手に取り、椅子の背にかけてあったパーカーコートを引っかけて部屋を出ていった。

ラジコンヘリが、モーター音を立てて川の上を飛んでいく。

河川敷の遊歩道は、秋の小さな飛行場だ。気晴らしをしたい時は、いつもここにラジコンを飛ばしにくる。

空中高くヘリを飛ばしていると、ビルの屋上のバカでかい看板広告が目に飛び込んできた。クリプレのアルバムと、茉莉のニューシングル『ＹＯＵ』の広告。そして、茉莉の写真の下で「俺のものだ」と我が物顔で主張している、『Produced by 高樹総一郎』のクレジットも。

美しく微笑んでいる茉莉の顔に、胸の内で問いかけてみる。

……僕のこと、少しは本気で好きだった？

看板に気を取られているうち、操作を誤った。苦労して組み立てたラジコンヘリはあっという間に落下し、舗道の上であえなくクラッシュ。

あまりに情けなくて、苦笑すらでない。むしゃくしゃして送信機を地面に叩《たた》きつけようとしたけれど、直前で思い止《とど》まった。モノに八つ当たりするなんて、よりい惨めになるだけだ。

やりきれなくて、秋は思わずその場にかがみ込んだ。

「ダセェ……」

頭を抱えていると、ふいに音が降りてきた。指で耳を塞《ふさ》ぐようにして、次々とわいてくるメロディーをハミングする。

♪瞬間で恋に落ちた
僕を君はきっと
あざ笑っていたんだろ……

まるで最初から出来ていたかのように、詞《ことば》が音に乗る。

秋は静かに立ち上がった。コートのポケットに手を突っ込み、ゆるい光を吸い込んだ川面を見つめながら、歌を口ずさむ。

切ないメロディーが、明るさを増す空に滲《にじ》んでいく。

理子《りこ》に出会ったのは、そんな早春の朝だった。


川を向いて突っ立ったまま、秋はメロディーが口から出るままにまかせていた。

その時だ。

「あーーーーーっ」

朝の空気を突き抜けて、透き通るように澄んだ声が秋の耳を捕まえた。

驚いて振り向いた秋の足もとに、レモン、オレンジ、タマネギ……なぜかそんなものがバラバラと転がってくる。

なんなんだ？　秋はつま先でコツンと止まった白いマッシュルームを拾い上げた。

青果店のエプロンをつけた女のコが、向こうからちょこまかと駆け寄ってくる。

配達の途中なのだろうか。レモンやタマネギは、スロープに停《と》めてある自転車の荷台にくくりつけたダンボール箱から逃走したものらしい。

ショートパンツをはいたそのコは秋の前にしゃがみ込んで、脱走犯たちをせっせと拾い集めはじめた。

「す、すいませっ」

ふいに顔を上げた。

「………………」

最初に秋の目を引いたのは、あごのラインでふわっと切りそろえた、キノコみたいな髪型だ。

思わず拾ったマッシュルームをかざし、そのコのキノコヘアにダブらせてみる。笑えるほどそっくりだ。いったいどこの美容院で切ってるんだろう。そんなことを考えながら、秋はほとんど投げやりにいった。

「……ひと目惚《ぼ》れって信じますか？」

キノコヘアはそのままの姿勢でぽかんと秋を見上げた。

（そう、あの頃の僕は、終始不機嫌で。ただ、苦しくて、何かにすがりたくて。だから正直、カノジョに声をかけたのはただの気まぐれで、ぶっちゃけ誰だってよかった）

文字通り魔が差した、としかいいようがない。

「……へ？　えと、え？　あの……」

カノジョはきょとんとしたあと、びっくりしたように目がまん丸になり、それから耳まで真っ赤になった。

それで、やっと正気に戻った。バカか、僕は。

洗いたてみたいな素肌の、あどけない顔立ち。けれど明日には確実に忘れてしまいそうな、どこにでもいるフツーの女のコ。

そんなコに、なんでこんなこと。

「あ、や、すみません。冗談なんですけど、っていうかここ失笑が前提なんですけど」

「はあ」

「突然ワケわかんないことといってくる人とまともに話さないほうがいいですよ。じゃ」

逃げよう。とっとと逃げよう。

急いできびすを返したとたん、後ろからガッとパーカーのフードを引っぱられた。

「信じます！」

「え」

一直線に伸びた右手が、しっかりフードをつかんでいる。

「だってあたし今、ひと目惚れしちゃったです」

「はぁっ⁉」

思わず大きな声が出た。だって、正気かよ。

「ひと目惚れっていうか、いまの鼻歌……」

「鼻歌？」

「鳥肌たった……」

まっすぐすぎる目で、カノジョはいった。

「名前、教えてください。あたしは小枝《こえだ》理子です」

秋は思わず目を逸《そ》らした。カノジョの、そのまっすぐな視線から逃げるみたいに。

「……シンヤ」

口をついて出たのは、視線の先にあった看板広告の中の、本当は自分がいるはずだった場所にいるやつの名前。

「小笠原、シンヤ」

心の底に巣食っているコンプレックスが、秋に偽名をかたらせてしまったのかもしれない。

「……小笠原、シンヤ」

ルージュもグロスも引いていない唇が、うれしそうに繰り返す。その名前が、刺《とげ》のように秋の胸に突き刺さった。

★

音楽雑誌の取材で、撮影スタジオに入って2時間。洞窟をイメージした大がかりなセットでクリプレ全体の撮影が終わり、いまは哲平がカメラの前でポーズをとっている。

「……ということは、心也さんだけ幼なじみじゃなくて、あとからクリプレに加入したと」

同じスタジオで、心也は女性記者から個別インタビューを受けていた。

『クリプレ　活動の軌跡』。笑ってしまうような陳腐なテーマだが、これも大事なバンドの仕事と割り切っている。

にしても、ファンだったら誰もが知っている有名なエピソードなのに、時どきこういう不勉強な記者がいるのだ。

「もともとのベーシストだったＡＫＩ君がデビュー直前にヘソを曲げちゃったんですよ。その穴埋めが僕ってわけです」

どこか斜に構えた心也の受け答えに、女性記者はちょっと戸惑っているようだ。

撮影の順番を待っている瞬は、スタジオの隅で誰かとスマホで話している。仕事では決して見せることのない、完全にリラックスした表情。相手は間違いなく、秋だろう。

「ちなみに、どういった理由でヘソを……その……」

女性記者が、聞きづらそうに語尾を濁した。

「まぁその原因も僕だったりするんですけど」

「心也」

やめろよ。近くのソファでタブレット端末をいじっていた薫が眉《まゆ》をしかめ、たしなめるように首を振る。

「冗談ですよ薫君」

心也はクスッと笑い、薫に鋭いまなざしを向けていった。

「でもそこで僕を止めに入ると、かえって冗談に聞こえなくなりますよ？」

★

「はぁ？　ナンパした⁉」

瞬のすっとんきょうな声が、秋のスマホの中でこだましたみたいに響く。

そんなに驚くか？　ひと目惚れウンヌンって、あのナンパ術を教えた張本人のくせに。

「そう、今からデート」

ベランダに椅子を出し、下を流れる川に釣り糸を垂れながら秋はいった。

あのあと、なんだかよくわからないうちに電話番号とメアドはしっかりちゃっかり交換していた。やっぱりソコは男のコですから。

「どんな子よ」

瞬が興味津々にきいてくる。

「なんか……キノコみたいな、マッシュルームみたいな？」

「なんだそれ？」

「髪型だよ。確か名前は――」

秋は立ち上がって、ベランダの端に最初から据えられていた、植栽の樹枝にふれた。

「小枝……なんつったかな」

背丈より大きい夏蜜柑《なつみかん》の木。ちょうど目線と同じ高さのところに、さなぎがくっついている。なぜわざわざこんな風の当たる場所を選んだのか。物好きな蝶《ちょう》だ。

「とにかく近所の八百屋の子」

さなぎの枝を指先で気まぐれに揺らし、部屋に戻って話しながら出かける支度をする。

「それまたずいぶん近場で……」

半分あきれたような、瞬の声。その時、向こうの現場で誰かに呼ばれたらしく、

「あーハイハイ」と答えてから、秋にいった。

「まああんま無茶すんなよ」

茉莉とはどうなっているのかなんて、野暮なことは口にしない。いつも冗談めかした話し方をするが、じつは人一倍気遣いをするやつだ。

「大丈夫。頑張って頑張って、カノジョをムチャクチャ好きになれるよう努力するから。じゃ」

自分にいい聞かせるようにいってスマホを切り、ドアを開ける。

頑張って頑張って……か。それじゃあんまり――

「相手が可哀想《かわいそう》だろ」

いきなり高樹が入ってきた。もう少しでくわえタバコの火にぶつかるところだ。

「……勘弁」

秋は不愉快を隠そうともせずにいった。アポなしのうえ、人の電話を盗み聞きして勝手に部屋に押し入ってくる神経が信じられない。

「雇い主としちゃ把握しとかないとな」

タバコをふかし、悪びれもせずにいう。

「プライベートと仕事は分けることにしたんだ」

「そんなことできるわけねーだろ。お前の価値観のド真ん中に音楽があんのに」

いいかげんそうに見えて、こういう時は核心を突いてくる。

「音楽と関係のない繋がりが欲しいんだよ！」

秋は思わず壁にこぶしを叩きつけた。噛《か》みつけば噛みつくほど高樹を楽しませるのはわかっていたが、我慢できなかった。

なぜ茉莉は、こんなヤツと——。

「その新しい女だってお前をクリプレのＡＫＩとしか見ないはずだ」

「僕がＡＫＩだなんていってないし、いうつもりもないから！」

これ以上、相手にしていられない。部屋を出て、鍵もかけず階段を下りていく。

「ほぉー。いつまでそうしてられるか見物だな」

後ろから高樹の声が追いかけてきた。勝手にいってろ。

「あ」

秋は思いついたように途中で足を止め、高樹を振り返った。

「高樹さん、そのまま家帰るつもりならやめたほうがいいですよ」

えっ、という顔で高樹が秋を見る。

「あんたの服、茉莉のクロエの匂《にお》いが残ってる」

奥さんと子供のいる家に、それはマズイでしょ。グッと言葉に詰まった高樹を見て少しだけ気の晴れた秋は、さっさと階段を下りていく。

背後で高樹が、空に向かって大きくタバコの煙を吐き出した。

スクランブル交差点を渡り、丸井ジャム方面に数分歩くと、巨大な黄色い塔が見えてくる。世界最大のミュージックストア。カノジョが待ち合わせ場所に指定したのは、渋谷のタワーレコードだ。

J－POPのフロアには、クリプレのアルバムをフィーチャーしたブースがあった。『日本中が熱狂する美しき歌姫』——シングルをリリースしたばかりの茉莉のコーナーもある。どちらも知らん顔で素通りし、秋はキノコヘアを目当てにキョロキョロ辺りを見回した。

「やっべ、どんな顔してたっけ」

名前は……、そう、理子だ。小枝理子、都立高校2年生の、16歳。でも、かんじんの顔がわからないんじゃしょうがない。大の男が名前呼び回るわけにもいかないし。

仕方なく適当なCDを手にとって眺めていると、すぐそばのクリプレのブースにいる女子大生らしき二人組の話し声が聞こえてきた。

「クリプレの曲って全部AKIが作ってんだよね。なんで表に出てこないんだろ、元メンバーなんでしょ？」

――いろいろあんだよ。

「ブサイクだからじゃない？　ネットじゃデブって噂《うわさ》だし」

え。秋は思わず女の子たちのほうを見た。僕？　ブサイクでデブって、僕ですか？

「あ、そういうこと？　ウケる。それで心也とチェンジなんだ」

「………………」

うっすら哀《かな》しくなってきた。そりゃ瞬や心也ほどイケメンじゃないけど、それなりに――。

「あ！」

瞬間、周囲の雑音が鳴りを潜めたように消え、凛《りん》と透き通ったその声だけが、まっすぐ秋の耳に届いた。

初めて会った、あの朝と同じだ。

反射的に振り返ると、赤いリボンのセーラー服に白いカーディガンを着た理子が、通路の奥に立っていた。腕が千切れんばかりに、全力で秋に手を振っている。

秋がいる場所とは、けっこう距離がある。小声だったはずなのに、その声は他の音を押しのけたみたいに、やけにはっきりと聞こえた。

理子が転がるように駆け寄ってきた。まるで飼い主を見つけた子犬だ。息をはずませ、ニコニコしながら秋を見上げてくる。

秋が無言のままその顔を見つめていると、今度は理子がけげんそうに首をかしげた。

「どうしたんですか？」

「なんでかな、君の声が……」

改めて近くで聞くと、声変わりする前の少年みたいな声、だと思った。

いいながら、秋は思い出した。すぐ後ろにクリプレのブースがある。正体を隠している身としては、さすがに居心地が悪い。

「あ、や、場所変えない？　もっと静かなところに……」

「あっ」

秋の肩越しに向こうを見た理子が、突然声をあげた。跳ねるように秋の腕を引っぱっていったかと思うと、次の瞬間にはもう、二人並んでクリプレのブースの前に立っていた。

「あたし大ファンなんです！」

「え」

どきりとして返答に詰まった。ありえないことではないのに、なぜか想定外だったのだ。

「知りません？」

理子は秋のリアクションをカン違いしたらしい。

「あー、あんまり音楽聴かないから」

よくいうよ。本当は、物心ついた頃から音楽漬けだ。

「最高ですよ！　聴いてみてください。このＡＫＩって人が作る曲、超いいんですよ」

理子は顔を輝かせて力説し、ビルの看板広告にもなっていたアルバムジャケットを指さしていった。

「それに、心也のベースも」

理子の言葉に、少しだけ秋の表情がゆがんだ。

「……あ、シンヤって小笠原さんと同じ名前ですね！」

理子はまったく気づかずに、くったくのない笑顔を秋に向けてくる。

「……です、ね」

かなり複雑な気持ちで、秋は曖昧《あいまい》にあいづちを打った。

「あ、そうだ、小笠原さんにききたいことがあったん——」

理子がいいかけた時、「カレシってコイツか⁉」と無愛想な声が割り込んできた。

「ゆーちゃん⁉　そーちゃんも」

理子の視線の先に、学ラン姿の男子高生が二人、立っていた。理子にゆーちゃんと呼ばれた男の子は、なぜか秋をにらみつけている。

「ごめん理子。こいつ止めきれなかった」

もうひとりの、天パーの男子高生が申し訳なさそうにいった。

「なんだよ理子、カレシってオヤジじゃん！」

「……オヤジ？」

現役の学ランから見たら、23歳ってオヤジになんの？　秋はちょっとがく然とした。

ブサイクでデブで、今度はオヤジ……。今日一日で存在を完全否定された気分だ。

「友達です」

秋を気にしながら、理子が急いでいう。

ゆーちゃんこと君嶋祐一《きみじまゆういち》と、そーちゃんこと山崎蒼太《やまざきそうた》。二人とも理子と同じ高校の同級生らしい。

祐一は嫉妬心《しっとしん》むき出しの目で、秋を上から下までなめ回すように見ている。理子にその気持ちは伝わっていないようだが、要するに秋は祐一から恋敵《ライバル》認定されたらしい。

「何してる人？」

口調もわかりやすくけんか腰だ。アイドル顔のモテ系男子なのに、ザンネンながら確実に単細胞っぽい。

「ええとなんでしたっけ」

理子がちょっと申し訳なさそうに秋を見る。覚えているわけがない。秋自身、いった覚えもないし、いえるはずもないのだから。

疑うことを知らないカノジョのピュアな目は、億単位の年収や有名な肩書きを知ったら、変わってしまうだろうか。

「あー、強いて言うなら……ニート？」

「ニートぉ⁉」

祐一が大げさにのけぞった。

「働いてないってそれ大人としてどうなんすか。理子、絶対だまされてるぞ、遊ばれて売られるぞ。だいたいお前なー、今日は大事な練習日……」

ああもうゆーちゃんうるさい！　といわんばかりに、理子が両手を祐一に向かってドンと突き出した。

「わっ⁉」

力まかせに押された祐一と、その巻き添えをくった蒼太がドミノ倒しになって尻もちをつく。すかさず理子が秋の手を取った。

「……え？」

「逃げます！」

ひと声叫んで、いきなりダッシュ。

「ちょ、待っ」

何がなんだかわからない。

小柄な理子に引っぱられるようにしてタワレコから外へ出たとたん、秋は目を細めた。

光差す世界へ。

先を行く理子のナイキのスニーカーが軽やかに跳び、秋の手を引き、迷いなく光の中へ飛び出していく。

人混みをかき分けながら歩道を駆け、南口へ出て歩道橋を駆け上がり、走る、走る、走る――。

ぎゅっと秋の手を握る理子の小さな手が、なぜかとても頼もしい。

――なんだこれ。

だんだん楽しくなってきた。こんなに気持ちがうきうきしているのは、いつぶりだろう。走りながら、秋はいつの間にか笑っていた。

時どき足がもつれそうになるけれど、理子と手を繋いでいれば、どこまでも行けそうな気がした。

Side RICO

先を走っていた理子は、高架下のトンネルに駆け込んでようやく足を止めた。息を切らせながら後ろの彼と顔を見合わせると、無性に笑いがこみ上げて、同時にぷっと噴きだした。

「……いいの？　トモダチ」

彼がいう。

「実力行使です！」

理子は笑顔で答え、また二人で笑い合った。

「……何年ぶりかな、こんなふうに走ったの。足ガックガク」

——きれいな横顔。理子はひそかに頬《ほお》を赤らめた。

小笠原シンヤさん。クリプレの心也と同じ名前だなんて、ちょっと運命感じてしまう。７つ年上の初カレは、よくやったと自分で自分を褒めてやりたいくらいカッコいい。くしゃっとした前髪とか、笑うと目じりが優しいとことか、気持ちのいいしゃべり方、あと、ちょっと肩を落とした後ろ姿も。

見るもの聞くもの全部「好き」って思っちゃうのは恋の不思議ってやつかな……。トンネルの向こうを行き交う人々、自転車のベルの音、電車のかすかな振動。そんなものがずっと遠く感じて、小さな暗がりの空間に二人っきりで置き去りにされたみたいだ。

理子は、まだ笑みを目もとに滲ませている彼を見つめていった。

「……あたし、あれからずっと忘れられなくて」

理子にとっては、なんの変哲もない、ごくありふれた朝だった。

毎朝チェックする占いのカウントダウンは６位。良くも悪くもなく、恋のビッグチャンス到来とか出会いの予感とか、そんなことも全然いってていなかった。

いつものように父親から配達を頼まれて、いつものように自転車を押しながら河川敷の遊歩道につながるスロープを下っていた時、早朝の空気の中を泳ぐように、あのメロディーが聴こえてきたのだ。

「あの時の鼻歌」

鳥肌がたった。心臓を直《じか》にわしづかみにされたみたいに。

理子はその場に釘《くぎ》づけになって、かすかに聴こえてくる鼻歌の出所を目でたどった。そうしたら、キラキラ反射する川面の朝陽を浴びて佇んでいる彼がいて――。

「あれ、なんていう曲ですか？　誰にきいてもわからなくて」

出会った時にはもう、胸がしめつけられるような切ないメロディーが、理子の心を奪ってしまっていた。

「えぇっと……なんのことだろう」

彼は興味なさそうに首をかしげている。

「あたし、歌えます」

とっさに足と指でリズムをとりながら、理子は目をつむって♪ん～とハミングを始めた。

「……切なくって激しくって、口ずさむんじゃなくて、こう、おっきな声で歌いたくなる――」

すうっと息を吸い、歌いだそうと大きく口を開いた瞬間。

骨っぽい掌《てのひら》が、乱暴に理子の口を押さえ込んだ。

「んん⁉」

固い指先が理子の頬に食い込む。理子がぶふっと苦しそうに喘《あえ》ぐと、彼は我に返ったように急いで手を放した。

「……ゴメン！」

「小笠原さん……？」

驚いたけれど、彼のほうがうろたえているみたいだ。

「……どうしたんですか？」

「……俺」

突然、彼は表情をなくしたようになって、ぽつんといった。

「歌が怖いんだ」

「え？」

「たぶん……憎い」

歌が、憎い……？　その答えを探すように、理子はうつむいている彼の顔をじっと見つめた。

「……どうして」

なぜ歌を嫌うのかはわからない。でも、ひとつだけ、わかったことがある。

「どうして、泣くの？」

彼は不思議そうに理子を見ると、苦笑を浮かべた。

「……なにいってんの、泣いてないよ」

「でも、これから泣くでしょう？」

「……え？」

その瞬間、頬をツーッと涙がこぼれ落ち、彼はびっくりしたように目を見開いた。

慌てて涙を拭《ぬぐ》っているけれど、堰《せき》を切ったように涙があふれてくる。

「なにコレ……ちょ、待っ……サイアク……」

理子は何も言えず、そんな彼を見ていた。

「……見ないで」

からだを二つ折りにして、止まらない涙を拭《ふ》いている。

——どうして、彼はこんなに傷ついているんだろう。誰が、何が、あなたを傷つけたの……？

見ているだけで胸が痛くてたまらない。理子はそっと彼のそばに寄り、ぎこちなくその髪をなでた。

「大丈夫です」

「え？」

彼の頭を抱え込むようにして、腕の中にギュッと抱きしめる。

助けなきゃ。目の前で溺《おぼ》れそうになっているこのひとを、助けなきゃ。

「あたしが守ってあげる」

「…………」

ふいに腕をつかまれ、彼の顔がゆっくり迫ってきて吐息を感じた次の瞬間、唇が重なっていた。

生まれてはじめてのキス――。

強く唇を塞がれて、理子は思わず後ずさった。彼の唇はぴったり重なったまま離れずにあとを追い、理子を抱きすくめたまま壁に押しつける。

……どうしよう。どうしよう。顔が熱い。すごい心臓の音。めちゃくちゃどきどきして心臓がどっか行っちゃいそう。

苦しくて息が止まりそうになった時、唇がそっと離れて、彼がささやくようにいった。

「君は歌わないよね」

「……え？」

あまりに唐突で、それでいてどこか確信めいた響き。

「歌わないで……歌う女、嫌いなんだ」

理子の頭がその言葉を理解しないうちに、彼がまた唇を塞いだ。もうその先を考える余裕はなくて……。

高架の上を、山手線の電車がガーッと音を立てて通り過ぎていった。

★

ハースト・レコーズの重役会議室で、高樹はタブレット端末の画面をスクロールし、CDシングルの週間売り上げランキングをチェックしていた。

「やっぱり2週目伸びねーな」

茉莉の『ＹＯＵ』が大きくランクダウンしている。これまでになかったことで、茉莉本人も今ごろ気が気でないだろう。

「だからいったろ長浜《ながはま》。美人が失恋歌っても厭《いや》みに聞こえるだけだって」

ダルそうに椅子に座っている高樹のそばに、メガネをかけた困惑顔の女性が立っている。長浜美和子《みわこ》、23歳。ハースト・レコーズの社員で『オフィスタカギ』のアーティスト担当ディレクターだ。

「恋の歌ってのはさ、ビミョーなやつが歌うから共感されんだよ。ブスとはいえねーけど美人では絶対にない、愛嬌《あいきょう》ある顔っつーのかな」

「はあ」

「ホントはなー茉莉なんかは世界平和とか歌っちゃったほうがいいんだけどねー。秋がそういうの描かねーから」

高樹はタブレット端末を閉じ、眉を寄せた。

もちろん担当ディレクターの長浜は、高樹ではなく、ノークレジットで秋が茉莉の曲を作っているという裏事情を知っている。

「秋さん、最近なんか変ですよね、いらいらしてるっていうか」

「違和感があんだろ」

「違和感？　こんなに売れてるのに？」

「こんなに売れてるからだよ。これが自分の望んでたことなのかって」

「秋さんのことはなんでもお見通しですね」

やり方はどうあれ、高樹が秋を、その才能を大事にしていることは確かだ。

「だって俺あいつの保護者だから。ま、ああいう天才は悩んだほうがいい曲描くしな。いっそもっと追い込まれたほうがいいんだよ」

いいながら、高樹は立ち上がった。

「どこ行くんですか？」

「秋んとこ」

電話は入れない。秋が逃げることはわかりきっているからだ。

★

自分の人生で二次関数以上に難しいものなんてないと確信していたけれど、数学の問題だったら解答集という最終兵器がある。

——歌う女、嫌いなんだ——

家にいるときはもちろん、いつもは確実に眠っている午後の古典の時間も彼がいったその言葉の意味をずっと考えているけれど、いまだに答えは見つからない。

やっぱ、あたしってバカかも……。

祐一と蒼太に挟まれて商店街を歩きながら、絶賛悩み中の理子は小さくため息をついた。

あ、ため息つくと幸せ逃げてくんだっけ。

「ってかお前、また開けっ放しだし」

またバナナなんか入れて。祐一がしょうがねぇな、というように、空いているほうの手で理子のショルダーバッグのファスナーを閉じてくれる。

このくせだけは、何度注意されても直らない。小学校の時は、フタがぱったんぱったんしているランドセルから、リコーダーやプリントやふで箱がしょっちゅう飛び出したものだ。

祐一は小学3年生の時、月島に転校してきた。商店街育ちの理子たちと違い、リバーサイドのタワーマンションに住んでいる、お金持ちのおぼっちゃまだ。なのになぜか気が合い、高校生になった今も3人でつるんでいる。

「ありがと」

元気のない声で礼をいう。ゆーちゃんにわかるわけないよね……あたしよりバカだもんね……。

「なんかあった?」

すぐに蒼太が反応した。さすがオムツの頃からの幼なじみ。

理子が八百屋の看板娘なら蒼太は魚屋の看板息子で、二人は赤ちゃんの頃からきょうだい同然に育ってきたのだ。

「ねぇそーちゃん」

「ん?」

「歌う女嫌いって、どういう意味だと思う?」

首にかけたヘッドフォンをいじりながらきいた。

「え、カレシにいわれたの?」

「出たよ、ニート」

ギターケースを肩にかけた祐一が、いまいましそうに毒づく。

「いえないな……じつは歌が大好きだなんて」

理子は力なく笑った。手に持ったアコースティックギターのケースが、やけに重かった。


3人は隅田川テラスの遊歩道にやってきた。

「こっちは準備いいぞ理子」

すでに祐一は小型アンプにつないだエレキギターを構え、その横では蒼太がタンバリンを手にスタンバっている。

高校生になってやっと、本格的にバンドをやりはじめた。去年は間に合わなかったけれど、今年は絶対、文化祭のステージに出ようと3人で決めている。それで、休みの日も地道に練習を重ねているわけだけど――。

アコギのケースを開けた手が止まる。つい理子がため息をついていると、祐一が怒鳴った。

「だーもう！　お前から歌とったらなんも残んねーだろっ。こんな時こそ歌って元気出せよ」

なにげに失礼なことをいわれている気がする。でも、確かにそのとおり。それに、ゆーちゃんなりに励まそうとしてくれているのだ。

「……ん。そっか」

理子はいつものまぶしい笑顔を、二人に向けた。

「だよね？」

ううーんと伸びをしてストラップを首にかけ、弦をじゃかじゃか鳴らしながら腹の底からマックスで声を出す。

「あー無茶苦茶叫びたいー！」

理子が本当の意味で歌いはじめたのは、小学生の時、クリプレの曲に出会ってからだ。理子にとって、クリプレはもはや神。新曲を聴くたび泣いてしまう。

毎日毎日、学校にCDウォークマン持っていって先生に没収されるなんてしょっちゅうで、お風呂《ふろ》の中、登下校の道、店を手伝いながら、ヒマさえあれば大声で歌っていた。

そーちゃんによくいわれる。理子は夢中になるとすぐ周りが見えなくなる、って。

中でも、歌は、夢中の度合いが並はずれてた。テストで悪い点とっても平気。仲良かった友だちに意地悪されても平気。お父さんに叱《しか》られても、お気に入りのストラップを落としても、ちょっといいなと思ってた男の子に彼女ができても平気。

歌さえあれば。

歌ったらあした死ぬっていわれても、歌わない自分が想像できないくらいに。

一曲歌い終わって、3人は満足げに顔を見合わせた。けっこういい感じに仕上がってきている。始めたばっかりの頃は正直、ひどいものだった。コミックバンドめざしてるわけじゃないのに道行く人から失笑をかい、苦節1年——今日はランニング途中の野球部員や小学生の女の子がギャラリーになってくれるまでになったのだから、少しは上達したと信じたい。

その時、上からふいに拍手が降ってきた。

「いいバランスの3人だ」

橋から遊歩道に下りる階段を、背の高い男の人が手を叩きながら下りてくる。

「誰？」

祐一が怪しむように眉をひそめた。理子も蒼太も小さく首を横に振る。

このへんでは見かけない雰囲気の人だ。服装やしゃべり方が、なんとなく業界人っぽいというか……。

下町の高校生の想像力はそこまでが限界で、まさか、あの超有名音楽プロデューサーの高樹総一郎だなんて夢にも思わない。

「君、鍛えた声してるね。かなり歌い込んでるでしょ」

目の前まで歩いてきた高樹にいきなりそういわれて、理子は目を丸くした。

「なんでそんなことわかるんですか？」

「さて、なぜでしょう？」

満足そうな笑みを浮かべた顔が、理子をのぞき込んでいった。

「どうしよう、俺、天才見つけちゃった」

Ｓｉｄｅ　ＡＫＩ

他人に弱さを見せない茉莉が、いまは少しだけ震えている。

「高樹さんとのこと……秋に知られるのずっと怖かった」

秋が出先から戻ってくると、部屋の前で茉莉が心細そうに待っていた。

「関係を強要されたわけじゃない。ただ、彼、はじめて会った時……ふつうの女子高生だった私にいってくれたの。『どうしよう、俺、天才見つけちゃった』って」

まさに今この瞬間、高樹が理子に向かって同じセリフを口にしているなんて、秋は知る由もない。

「私のこと見つけてくれたの、あの人だったの」

だから、わかって。茉莉の潤んだ目がすがるように訴えている。

秋はふっと笑った。

「……ありがと茉莉」

目の前にいる茉莉は、やっぱりきれいだ。失いたくないなら、ただ手を伸ばせばいい。何よりもその声――一生聴いていたいと思った歌声に、未練がないわけがない。

「おかげで自分の気持ちがハッキリわかった」

茉莉の顔に喜びの色が浮かんだ。きっと茉莉は思っている。いままでそうだったように、秋が自分から離れていくわけがないと。これからも秋は自分のものだと。

「僕さ、カノジョができたんだ」

えっ……茉莉が目を見開く。

「こうやって茉莉と話している間も、なんでかその子のことばっか考えてる。まだ2回しか会ってないのに変だよね」

茉莉の完璧に整えられたヘアスタイルを見れば洗いっぱなしのキノコヘアを思い出すし、スタイリストが選んだ隙《すき》のないコーディネイトより、青果店のエプロンや履き込んだナイキのスニーカーが目に浮かぶ。

甘い唇よりも固く閉じた唇が、しなやかに絡みつくからだよりも秋の腕の中で震えていた華奢《きゃしゃ》なからだが、いまは愛《いと》おしいと思う。

「カノジョ、僕がクリプレのＡＫＩって知らなくてさ。僕を、なんでもない、ただのニートだと思ってる」

でも、茉莉がここへきたのは、新曲のランクダウンと無関係じゃないはずだ。それに、マスカラが落ちない程度に目に溜《た》めた涙は、恋人を失いたくないからじゃない。

「それでもカノジョは、僕のことを守ってあげるっていってくれたんだ。僕が曲を作らなくても、そういってくれた」

茉莉は顔をゆがめて秋から目をそらした。痛いところを突かれたみたいに。

「僕は、そんなカノジョを大事にしようと思う」

だから、もう振り返らない。

★

いくら瞬がモテたからって、秋の才能がなかったら、クリプレがライブに出続けることなんて、ましてや世に出ることなんてなかっただろう。

でも、バンドをはじめてしばらくたっても、秋はなかなか自分の曲を持ってこなかった。自分の作った曲なんか、恥ずかしくて弾かせられないと思っていたらしい。秋だけが知らなかったのだ。秋はバンド全員の自慢で、みんな秋の曲を弾きたくて、そしてそれはいまも変わらない。

『オフィスタカギ』のレコーディングスタジオ。

瞬は最後のパートを弾き終え、薫と哲平を見た。二人とも同じ気持ちなのは、上気した顔を見ればわかる。

最高！　すっげーいい。秋の新曲は今度もミリオン間違いなしで、また記録を塗り替えてしまうかもしれない。

興奮気味にうなずき合って、ふと見るとスタジオの出入り口に高樹がいた。

「びっくりした。いつからいたんですか」

高樹が練習をのぞきにくるとは、予想外の出来事だ。

「びっくりしたのはこっちだよ。お前らうまくなったなー。毎日練習してんだって？」

めったに人を褒めない高樹に「うまくなった」といわれて、3人とも一気にテンションが上がった。

ギターのネックを持つ瞬の左手は、練習のしすぎでテーピングがしてある。薫も哲平もこの5年、どれほど夜遊びしようと練習に遅れたことは一度もない。秋の曲を、もう一度自分たちの手で演奏したい。その願いがやっと叶《かな》うかもしれない。

瞬は勢い込んでいった。

「俺たち、今回の曲は自分たちの演奏でレコーディングしたくて」

「おいおい、冗談いうなよ」

瞬をさえぎって、高樹が子供に教え諭すようにいった。

「金出してド素人のオケ聞かされる客の身になってみろよ。可哀想だろ?」

さっきまで上昇していたテンションが、またたく間に急降下していく。

「お前らのオケはちゃんと超上手《うま》いスタジオミュージシャンに弾いてもらうから、心配すんな!」

それがフツーだ、業界の常識なんだといわれたら、5年前の世間を知らない高校生に何がいえただろう。まして、デビューというニンジンを目の前にぶら下げられたら……。

そしていまだに、瞬たちはそこから抜け出すことができずにいるのだ。

黙り込んだ3人を、高樹が「どうした?」というように見回している。

「……ですよねー!」

瞬がおちゃらけていうと、スタジオがどっと笑いに包まれた。笑ってごまかすしかないじゃないか。

「ところで秋のやつ、見なかったか?」

高樹が視線をさまよわせていった。

——秋に用事だったのか。瞬は自分のバカさ加減にあきれた。高樹がわざわざ瞬たちの練習を見にくるわけがない。

「いま、こっちに向かってるはずですけど」

瞬はこわばった笑みを張りつかせて答えるのが精いっぱいだった。

「そっか」

行きかけて、高樹は「あ」と3人を振り返った。

「でも練習することは悪くねーぞ。弾くフリがうまくなるからな」

悪気のかけらも見せず、高樹はドアに消えていった。

「…………」

瞬はぎゅっとこぶしを握りしめた。薫と哲平も悔しそうに歯を食いしばっている。ふざけんな。俺たちをなんだと思っているんだ。バカにすんじゃねえ。できることなら、思いきり高樹をののしってやりたかった。

「くそーーっ！」

我慢の限界を超えた哲平がドラムスティックを投げ捨て、高樹を追いかけて出口に突進していく。

「哲平！　……戻れ」

瞬が一喝する。

「だってよ！　あんないい方されて」

「わかってるよ！　わかってる。でもな、勘違いすんな。あのオッサンが悪いんじゃない、クソみたいな演奏しかできねー俺たちが悪いんだ」

瞬はヘッドフォンをつけ直し、もう一度ギターを構えた。いつかまた胸を張ってステージに立つために。

★

秋の姿を目ざとく見つけたらしく、社長室から「よう」と高樹が出てきた。秋は小さくため息をついた。珍しく事務所に顔を出すとこれだ。瞬に呼ばれてきたけれど、別の場所にすればよかったと悔やんだ。

「ちょうどいーとこきたな。お前に会わせたい子たちがいるんだよ」

社長室のドアが閉まる寸前、応接ソファに座っている一行の後ろ姿がちらりと見えた。たぶんあれがそうなんだろう。

「僕、顔出しＮＧなんで」

そっけなくいい、高樹の前を通り過ぎる。

「プロデューサーやってみねーか？」

「は？」

つい立ち止まって振り返った。

「クリプレのＡＫＩ初プロデュース。現役女子高生シンガー。バンドメンバーは全員幼なじみ」

「今度はなに企んでんの？」

秋の顔が険しくなる。胸いっぱいふくらませている若者の夢を踏み潰して金儲《かねもう》けの道具にするのが、オッサンの得意技だからな。

「美男美女ばっかりだとアイドルレーベルっぽく見られるだろ？　そうじゃない雰囲気の子、見つけてきたんだよ」

よほどその子が気に入ったのか、いてもたってもいられない様子で目を輝かせている。こんな高樹を見るのは久しぶりだ。

音楽に対する高樹の考え方を否定するほど子供じゃない。でも、迎合するほど大人でもない。

「あんたみたいに、利用する側に回るのだけはごめんだ。絶対やらない」

とくに、売り出すためなら手段を選ばないようなやり方は。瞬が、哲平が、薫が、どんな気持ちで毎日練習していると思うんだ。

「とにかく会ってみろよ。お前たぶん気に入ると思うよあの子の声……それとも」

一拍置いて、高樹がさらりという。

「また逃げんのか、あの時みたいに」

ぐっと詰まって高樹をにらみつける。そうさせたのは誰だよ。

「その話、横からかっさらってもいい?」

急に背後から声がして、秋は振り返った。いつからいたのか、心也がそばに立っている。

「ダメかな? クリプレの心也初プロデュース。これはこれでけっこうキャッチーだと思うけど」

いつものようにクールに笑っているが、心也の目は、挑むように秋を見ていた。

★

スタジオのコントロールルームで、心也は驚嘆の表情を浮かべた。とりあえず声が聞きたい。高樹にそう頼んだ時は、正直さほど期待していなかった。

けれど、いまブースの中で歌っている、あのマッシュルームカットの小柄な女の子は〝本物〟だ。

高樹が秋のところへ行こうと中央大橋を歩いている時、たまたま下手くそな伴奏にのってその歌声が聞こえてきたというが、さすが敏腕プロデューサー。茉莉にしろクリプレにしろ、これまで高樹の耳が間違ったことは一度もない。

——いい声してる。

ひそかに興奮しながら、心也はフェーダーを下げた。

「秋君は本当にバカですよね」

こんな女のコをいらないなんて。高樹は返事もせず、不機嫌そうにタバコを吸っている。それほど秋にやらせたかったらしい。

「しょうがないじゃないですか。本人がやらないっていったんだから」

「……聴けば、絶対やったよ」

心也は心の中で舌打ちした。ムカムカする。秋を甘やかす高樹も、秋の楽曲を演奏するためだけにいるクリプレのメンバーも。

「そうでしょうね。こんな声聴いたら宝物にしただろうな」

ブースの中に目を戻すと、心也がいることにはじめて気づいたらしいマッシュルームがこちらを指さし、『心也⁉』と全身でびっくりしている。

心也はクスッと笑った。まるでファンの子がするみたいな、うれしそうな顔。まるっきりフツーの子だ——その声以外は。

「でも、彼女は僕がもらいました。僕の宝物にします」

誰にもさわらせない。土下座されたって返さない——とくに彼には。

TRACK 2

Ｓｉｄｅ　ＡＫＩ

秋は地下鉄に揺られながら、スマホでクリプレのデビュー曲『卒業』を聴いていた。
再生画面に、メンバー4人の顔写真が写ったジャケットが出ている。みんなの面ざしがまだ幼い。

「…………」

汗だくの学生服。クラスメートたちの歓声とクラップハンズ。
ふとした瞬間に思い出すのは、いつだってあの教室だ。

♪6時ちょうどにアラームを押し込んで
めざましのテレビなんかに追い立てられて
あわてて飛び出して行く

アスファルト蹴り上げて行く
イヤフォンにエンドレスのビートを鳴らして

代わり映えしないいつもの教室に
かけがえの無い大切な仲間がいる
「給食のパンてどうして
こんなにパサついてるんだろう⁉」
そんなこと言い合えるのも
もう少しで終わってしまうんだね

変わっていこうぜ
やりたいことまだ見つからなくても
笑っていようぜ
俺たちは俺たちを卒業しないから

黒板には、赤と青と黄色と白、色とりどりのチョークで描きちりばめた『クリュードプレイ　卒業ライブ』の文字が踊っていた。

♪ワンピース欠けちまったら
完成しないジグソーパズルのように
俺たちのキズナは最強のストーリーになる

変わっていこうぜ
やりたいことは自分で見つけるのさ
笑っていようぜ
俺たちは俺たちを卒業しないから
俺たちの現在を駆け抜けろ

ヴォーカル&ギターは瞬。金持ちでイケメンで運動神経抜群、クラスのほとんどの女子が夢中っていう、はなはだムカつく幼なじみ。

ドラムスは哲平。曲がったことがきらいで、少しばかり短気なところがある。それもこれも、じつは性格がいたってマジメなせいだ。

ギターの薫は一見チャラいけど、中身もチャラい。でも本当は、いつも人のことを考えている友情にあついやつ。

そしてベースは、秋。

幼なじみの4人で始めた、バンドという遊び。

人前で歌ったことすらないまま、全員が心酔していた人気バンドのカバー曲ではじめてライブのステージに立った。

集客はおもに瞬の顔のおかげで、アマチュアともいえない演奏で小金を稼いだ時、大いなる罪悪感と多少の自虐からつけた、言い訳めいたバンド名。

CRUDE【粗悪な】PLAY【遊び】

いつしかライブハウスを満杯にするようになり、高樹にスカウトされて、卒業の春、秋の作った曲――『卒業』でデビューが決まっていた。

まだまだ荒削りとしか言いようのない演奏だったけど、気にもしなかった。

ただ仲間と演《や》れることが楽しかった。

最高に有頂天だった。

あの日の秋に、どうして想像できただろう。クリプレを去る日がくるなんて——。

デビュー曲のミックスダウンが終わったと連絡が入って、秋たち4人が『オフィスタカギ』のロビーを訪れたのは、卒業式を間近に控えたある放課後だった。

高樹が見せてくれた見本のCDジャケットは、瞬、薫、哲平、そして秋の4人の顔を前面に押し出したデザインで、帯に印刷された『クリュードプレイ　デビュー!!!』『作詞作曲編曲AKI』の文字がデビューを実感させてくれた。

「やべかっけー！」

「俺ら上手《うま》く聴こえね？」

瞬と哲平と薫は興奮気味に盛り上がっている。ロビーに流れる『卒業』は確かに素晴らしかった。

「人生変わる準備しとけよ。デビューしたら4人でマックとか行けなくなるからな」

高樹はそういってみんなを笑わせ、ずっと黙りこくっている秋の肩に手をのせた。

「さて、この曲を作った秋とはまた別の話がある。場所を変えようか」

ロビーに3人を残して社長室に移動し、二人きりになると、高樹はドライシガーに火をつけてから秋にいった。

「気づくとしたら、お前だけだと思ってたよ」

「……弾いてるの、僕たちじゃないですよね」

上手く聴こえたのは、ミキシングされて音が立体感を持ったからじゃない。もともとの演奏が違うのだ。

戸惑う秋をよそに、高樹は破顔した。

「一流のスタジオミュージシャン集めました！　お前ら金かかってんぞ。感謝しろよ」

言葉もなかった。怒りと屈辱で、固めたこぶしが震えた。

「なんて顔してんだよ。まさかお前、自分たちの演奏でプロになれると思ってたわけじゃねーだろ？」

羞恥《しゅうち》で顔が赤くなる。小さい世界で天狗《てんぐ》になっていた鼻を叩《たた》き折られた気分だった。

「耳がいいお前ならわかるはずだ。お前らの音とプロの音、どっちが客に聴かせる価値があるか」

「……！」

答えは明白すぎて、ひと言もいい返せなかった。ガラス越しに目をやると、瞬たちはロビーでうれしそうにはしゃいでいる。

とても自分の口からはいえないと思った。

「ベースは……僕のベース弾いてるの誰ですか？」

本当はこう弾きたかった――そのベーシストは、秋がどうしても出せなかった理想の音を、しかも秋っぽく奏でていた。

「会ってみるか？」

ちょうどレコーディングスタジオにきているという。どんなミュージシャンだろうか。きっと有名なアーティストのバックで演奏してきたんだろう。高樹のあとについていきながら、秋はいろんな意味で緊張していた。

「あいつだよ」

スタジオを見下ろすスペースから高樹が指さした先で、ブレザーの制服を着た心也がベースを弾いていた。

「篠原心也。確かお前より一つ年下だったかな」

呆然《ぼうぜん》とした。ベテランなら、あきらめもつく。虚栄心も慰められる。そんな姑息《こそく》なことを考えていたから、バチが当たったたんだろうか。

圧倒的なテクニックだった。ピアノを弾くように滑らかに動く指。歌うようなベースの音。その音は、秋を完全に打ちのめした。

「心也！」

高樹の声で心也が顔を上げ、二人に気づいて軽く会釈した。

「高樹さん……よくわかりました」

消えてしまいたい。本気でそう思った。

「でも一つお願いがあります」

「なんだ」

秋は、のどにつかえた言葉を押し出すようにいった。

「僕の代わりにクリプレに彼を入れてください……僕は弾くのをやめるから」

そして――発売された『卒業』のＣＤジャケットから秋の顔は消え、その場所は心也の顔に入れ替わっていた。

曲はとっくに終わっているのに、秋は中央大橋の欄干にもたれて、スマホのＣＤジャケットを眺めていた。

気分がどんどん落ちていく。もう日はとっぷり暮れて、ラジコンヘリも飛ばせない。

「…………」

電話、してみようか。スマホを操作して画面を切り替え、アドレス帳をスクロールする。

『小枝理子』

電話番号をタップしようとして、指が止まった。あんなことをいっておいて、自分は都合がいい時に呼び出すのか？

ためらっていると、まるで心を見透かされたかのように理子から着信がきた。慌てて出る。

「もしもし……理子です。小枝理子」

カノジョなのに、どこか遠慮がちな声だ。

「……うんわかってる」

——わかってるよ。画面に名前が表示されるのにフルネームで名乗るのは、僕が名前を覚えてないんじゃないかって、不安なんだろ？

「あの、あたし、その……小笠原さんにいわなきゃいけないことがあって。あたし、歌……」

「ねえ、僕を守るっていったよね」

無意識のうちに、理子の話をさえぎっていた。

「え？　あ、はい」

「ホントに？」

疑《うたぐ》るような含み笑いでいうと、

「ホントです」

と真剣な声が返ってきた。

「何から？」

君に何がわかるっていうんだ。今夜はどうしてもやさぐれた気分から抜け出せなくて、意地悪く質問を重ねた。

「それは……全部です。あなたを苦しめるすべてのものから」

「え」

どこかで聞いたフレーズ。でも、理子の声は大真面目《おおまじめ》だ。

「音楽の教科書の人もそういってました」

「音楽のって……まさかユーミン？」

「いえ、確か、マツ……マツ……なんとかって人です」

だからそれが――拍子抜けして、秋は思わず笑ってしまった。

「え、何かおかしかったですか？」

スマホの向こうで焦っている理子が見えるようだ。

「これから会おうよ。いまどこにいる？」

クスクス笑いながらきいたその時、二人の居場所を教えるかのように、橋の下を通り過ぎていく小型船が汽笛を鳴らした。

「え？」

理子のびっくりした声。

確かにいま、汽笛がお互いの電話口から聞こえてきた。

まさか――秋がスマホから顔を上げると、会いたいと思っていた愛敬のある丸っこい顔が、橋の向こう側に見えた。

「……嘘《うそ》」

理子は落っこちそうなほど目を大きく見開いている。

二匹の蝶《ちょう》が広い草原で巡り会えたような、ちょっとした奇跡。

あ然として突っ立っていると、何かに突き動かされたように理子がこちらに向かって駆けだした。

あの日、渋谷の街を走り抜けたみたいな全速力で、一直線に走ってくる。

ショートパンツなのは初めて会ったときと同じだけれど、どこかに出かけていたのか、カーキ色のジャケットの上にショルダーバッグを斜めがけにし、今日はレースアップブーツを履いている。

走って、走って、走って――。

あと少しという時、ファスナーが開いていたらしい理子のショルダーバッグの中身がばらけて、見事、路上にぶちまけられた。

「あ！」

のど飴《あめ》、チョコレート菓子、スケジュール帳、ペン、リップクリームに……カスタネット……バナナ……はいいとして……なんでタマネギ？

一瞬の沈黙のあと、秋は「ぶはは」と爆笑した。ぶあつい雲の上に広がる青空が顔を出したみたいに、重かった心が一気に軽くなっていく。

「それわざとやってんの？」

腹を抱えて笑いながら、秋はいった。

「違いますよー」

照れ笑いしつつ拾い集める理子を、秋はじっと見つめた。

どうして理子だけが、僕を動かすんだろう。しかも、まったく予測不能なやり方で。

いきなり理子を抱きしめた。

腕の中で、理子が驚いたように身を固くする。

マッシュルームみたいな髪型で。

スカートよりショーパン派で。

突然、走りだすくせがあって。

セーラー服にはスニーカーで。

バッグにタマネギが入れてあって。

物を転がすのが得意な、可愛《かわい》い僕のカノジョ。

「大事にする」

自分でも思ってもみなかった。こんな気持ちになるなんて。

「……え？」

不安ごと包み込むように、ぎゅうっと理子を抱きすくめる。そんな秋に身をゆだねるように、理子のからだから力が抜けた。

「小枝理子を、大事にする」

秋の大きな腕の中で、理子がしあわせそうな笑顔になった。


「笑いすぎ」

助手席で『ミュージックステージ』の台本をパラパラめくりながら、秋はぶすっとしていった。

瞬が愛車のフォード・マスタングを運転しながら大爆笑している。

「しょーもな！　なんで小笠原シンヤっていったんだよ。せめて小笠原シュンにしとけばよかったのに。あーこのネタ当分楽しめるわ」

……恥。話すんじゃなかった。あっという間に哲平と薫に伝わって鉄板でいじられる。

「しかし、茉莉さんと別れて何してんのかと思ったら、まさかそんな悪いことしてたなんてね」

笑って皮肉るが、悪気があるわけじゃない。瞬とは何をするにも一緒だった。食べ物の好き嫌いからいつ誰とどこで童貞捨てたかまで、お互い知らないことはない。時どき、考えていることが本人よりわかっているんじゃないかと思う。だから、隠そうとすることじたい無意味なのだ。

「ホントにフツーの高校生なんだよ、だから僕もあの子の前ではフツーでいたいし、そういう僕を好きになって欲しかった」

「そんな嘘ついたまま、これから先もつきあうのか」

真顔になって、瞬がいった。

「わかってるよ。だから、本当のことちゃんといおうと思って」

「なんていうんだよ。僕がクリプレのＡＫＩだって？　信じねーだろふつう」

「……だよな」

いわれるまでもなく、それが最大の悩みどころだ。機会を待って、なるべく理子を傷つけないで、なるべく嫌われないように……って、カッコ悪すぎ。

カノジョに嘘をついたことを、秋はいまさらながら後悔していた。

楽屋にいくという瞬と別れ、クリプレのリハーサルが始まる前にトイレに寄った。新人のアイドルだろうか、美少年ふうの男の子が手を洗っている。

でも、どこかで見た顔——。

「……え？」

秋は目を見張った。

「ニート⁉　なんでここにいんだよ」

ゆーちゃんとかいう、理子の友達だ。

「キミ確か……どうしてここに。見学？」

「俺たちスカウトされたんだよスカウト。仕事もない誰かサンとは違うから」

勝手にライバル視されたうえ自慢げにいわれて、若干イラっとする。

「スカウト？　誰に」

祐一の口から出たその人物の名前を聞いて、秋は慌ててトイレを飛び出した。スマホを取り出し、電話をかける。ジリジリしながら呼び出し音を聞いていると、廊下の向こうの階段で、電話に出ようとしている高樹の姿があった。

急いで駆け寄り、高樹を捕まえると、秋は怒りを抑えていった。

「どういうことだよ」


喫煙ルームで秋の話を聞いた高樹は、愉快そうに大笑いした。

「マジかお前」

「笑い事じゃない」

にこりともせずにいう。表情筋を動かすことさえもったいない。

「偶然だよ、いやホントに。ま、偶然っていうか、そもそも声フェチのお前が選ぶくらいの女だからな」

「声？」

秋が問い返すと、高樹は目を丸くした。

「なにお前、あの子の歌声知らねーでつきあってたの？」

「……理子を使って何する気だ」

「仕事だよ、ビジネス。音楽という嗜好品《しこうひん》を言葉巧みに人民に売りつける金儲《かねもう》け」

秋は横目で高樹をにらんだ。こっちが命をかけている音楽を、いつも高樹に貶《おとし》められている気がする。

「あんたのそういうとこ吐き気がする」

「お前ナニ眠いこといってんだ。クリプレだってそうやって売れてきたんだろ」

秋は仕切りガラスにバンと手を叩きつけた。

「……理子だけはあんたのオモチャにさせない」

高樹はやれやれというように首を振り、ガラスの向こうの副調整室に向かってあごをしゃくった。

「それよりこんなところで遊んでていいのか？　心也が宝物にするっていってたぞ」

えっ。秋が目を向けると、モニターの画面の中に、収録スタジオで仲良さそうにしゃべっている理子と心也が映っていた。

Side RICO

韓流のイケメンユニットが出てきたかと思えば、慌ただしくスタッフが行き交い、取り巻きを従えた人気女性アイドルグループがにぎやかに歩いてくる。

理子と蒼太は網の中に捕まった魚みたいに廊下を右往左往するばかりで、いっこうに目的の収録スタジオまでたどり着けない。

「そーちゃんどうしよう」

理子はオドオドしながら蒼太の後ろにくっついているのが精いっぱいだ。

「いわれるままきちゃったけど、完全アウェーだね、俺ら」

16年間、テレビ局なんて華やかな場所にはまったく縁のなかった、ただの高校生なのに——。

河川敷の遊歩道で高樹と出会った日、理子たちの運命は大きく変わってしまった。

「はいはいお前らデビュー決定、おめでとー！」

数日後、事務所に呼び出された理子たち3人は社長室に通されるなり、なんの前置きもなく高樹にそう宣言された。

「は？」

理子と祐一と蒼太は、バカみたいに口をぽかんと開けたものだ。

ここがクリプレや茉莉の所属する『オフィスタカギ』で、声をかけてきたのが超有名な音楽プロデューサーだったことだけでもほとんど天変地異状態なのに、デビューとかいってなかった？

「あ、あの、意味がよく」

おずおず理子が尋ねると、独特のにおいがするタバコを吸いながら、高樹はこともなげにいった。

「だからー、CD出したりライブやったりテレビ出たりするってこと」

一瞬の沈黙のあと、祐一が絶叫した。

「……ス、スゲェェェ！　マジ？　マジ？」

さすがミドリムシか祐一かとまでいわれた単細胞。

「え、でも僕たちまだ楽器始めたばっかりで」

蒼太が困ったようにいった。理子も横で大きくうなずく。自分たちの演奏が学園祭レベルなのは、演っている本人たちが一番よくわかっている。

「デビューすんのに演奏の上手い下手はカンケーねーの。カメラの前で弾くフリさえしてれば、あとはプロの人がちゃちゃっと代わりに弾いてくれるから」

高樹は、信じられないようなことを平然という。そういうものなの？　そうなのかもしれないけど、理子は素直に喜べなかった。

「そんな顔すんなって。こんなのフツーなんだって。クリプレだってそうだぜ」

困惑している理子たちを見て、高樹は後ろの壁に貼《は》ってあるアルバムのポスターを指さしていった。

「自分で弾いてるのなんて、心也だけなんだから」

そのあとはもう、有無をいわさずベルトコンベアに乗せられた感じ。部屋を出ていった高樹が誰かと話している間、しばらく3人は社長室で待たされ、突然理子だけスタジオに連れていかれて高樹に歌ってみろといわれ、最後は心也に紹介されるというサプライズが起きて——。

頭の中を整理できないまま、今日はクリプレが新曲を歌うからと、『ミュージックステージ』の収録を見学にきている。

「それもそうなんだけど……あたし、まだ小笠原さんにいえてなくて」

どちらかといえば、いまはそっちのほうが気がかりだ。

自分が彼の嫌いな〝歌う女〟で、バンドをやっているってこと。スカウトされて、クリプレの心也のプロデュースでデビューするかもしれないってこと。

『オフィスタカギ』からの帰り道、電話で告白しようとしたけれど、中央大橋で会えた偶然に舞い上がって、けっきょくいいそびれてしまった。

じつのところ、あんな素敵な人が、父親似という決定的な負のDNAを受け継いだ小娘をなぜナンパしてきたのか、いまもって謎《なぞ》だ。色気にいたっては素粒子レベルとゆーちゃんにバカにされている。

そんなだから、慣れた大人のキスに不安を感じないわけなくて——。

や、うれしかったんだけれど。

その一方で、いままでどんな女のひととつきあってたのかな、とか、ハジメテは前の彼女なのかな、とか知りたくもないのに不毛な妄想がループしてしまう。

でも、大事にする、っていってくれた。あたしが不安にならないように、小枝理子を大事にする、って抱きしめてくれた。

心の底からそう思ってくれていることが伝わってきて、涙が出そうなくらいうれしかった。あれから何回、あのシーンをリプレイしたことか。

だからこそ、早くいわなくちゃと思うのに……。

その時、理子の前にいた蒼太が、上ずった声をあげた。

「あ、茉莉だ」

スタジオでリハーサルを終えたらしい茉莉が、大勢の取り巻きを従えて歩いてくる。歌姫のイメージぴったりの華麗な衣装に、艶《あで》やかなヘア＆メイク。茉莉の周りだけ、光の粉が舞ってキラキラ輝いているみたいだ。

「キレイ……」

テレビで観《み》るより、実物のほうが何倍も。目の前を通り過ぎていく美の化身のような茉莉に、理子はうっとりした。

「いい匂《にお》いした、いま、いい匂いした！」

蒼太のリュックをつかんでぴょんぴょん跳ねる。蒼太もうれしそうに、ウンウンとヘドバンなみに激しくうなずく。

「茉莉さん好き？」

ふいに声がした。心也が壁にもたれ、クスクス笑いながら理子たちを見ている。

「あ、はい。超好きです。女子の憧《あこが》れです」

理子はちょっとはにかんでいった。子供っぽいって思われちゃったかな。

「茉莉の『ＹＯＵ』って曲はじつはＡＫＩ君が描いてんだよ」

「高樹さんじゃないんですか？」

この間から驚くことばかりで、もう何を聞かされても、ちょっとやそっとのことじゃ動じなくなりそう。

「まあ音楽の世界にはいろいろあってね。そのうちわかるよ。こっち」

なんと、心也自ら収録スタジオに案内してくれるみたいだ。

トイレにいったきり戻ってこない祐一のことはすっかり忘れ、理子と蒼太はうきうきしながら心也のあとに続いた。

「うわー」

心也に連れられて収録スタジオにやってきた理子と蒼太は、感動のため息を漏らした。何しろ、毎週テレビで観ている音楽番組のスタジオにいるのだ。

「それでは15分からご本人でカメリハ行きマース」

声を張り上げているのはＡＤさんだろうか。豪華なセットが組まれ、照明やカメラなど、スタッフの人たちがゲストの立ち位置を確認しながら忙しそうに準備作業をしている。

セットの外では、司会の女子アナがプロデューサーらしき男性と打ち合わせをしていて、たくさんのモニターが、そんなスタジオ内の慌ただしい様子を映し出していた。

「今日やるクリプレの新曲も、もちろんＡＫＩ君が描いてる。お客さんとしては君たちがはじめて聴くことになるね」

「やった」

蒼太がガッツポーズした。

もちろん理子も、ゆうべ眠れないくらい楽しみにしてきた。瞬の生歌も、心也の生ベースもだけど、一番はやっぱり、泣くほど好きなＡＫＩの新曲を。

「どんなひとですか？　ＡＫＩって」

興味津々で尋ねると、心也は腕組みをしていった。

「総じていうと、とっても間抜けなひと？」

「マヌケ？」

思わず聞き返した。

「だって彼、明らかに天才なのに、自分のこと凡人だって信じてんだもん。笑えるっていうか、たまに本当にバカなんじゃないかって思う」

なんでそんな、ちょっと冷たいいい方？　困惑しつつ、理子はいった。

「……あたし、ＡＫＩの作る曲が、大好きです」

ＡＫＩの作る曲が好きだから、理子はクリプレが、瞬の歌が、心也のベースが好きなのだ。

「僕も、うん……好きだよ」

なぜだろう。心也はなんともいえない複雑な表情を浮かべ、前を向いて独り言のようにボソッといった。

「時どき、やんなるくらいにね」

「カメリハ行きまーす！　曲ふりまで10秒前！」

スタジオにカウントダウンの声が響く。

クリプレはすでにスタンバっていて、理子と蒼太は、隅のほうで緊張しながら曲がはじまるのを待っていた。

「それでは、今夜初披露となるクリュードプレイの新曲『サヨナラの準備は、もうできていた』です」

女子アナの紹介に続き、哲平の「ワン、ツー」の声に合わせて、イントロが流れはじめた。本番さながらにきらびやかなライトが光る。

♪わざと雨の中
濡れて待っていたんだろう
勝負笑顔で手を振って

瞬間で恋に落ちた
僕を君はきっと
あざ笑っていたんだろ

僕たちはどうして
出会ってしまったんだろう

すごい……すごいいい！　少しハスキーな瞬の声に合っていて……切なくって、激しくって……。

そこへ、ようやく祐一がスタジオに入ってきた。

「おい理子！」

小声で呼ばれたが耳に入らず、理子は目をつむって音楽を感じている。

すでにシャットダウン状態。こうなると曲が終わるまで何をいってもムダだと思ったようで、祐一はあきらめ顔で前を向いた。

♪サヨナラの準備は、もうできていた
いつだって　いまだって　ずっとずっと
エンディングはたしかに始まっていた
Glory days！　僕らにサヨナラ

突然、理子の目がぱっと開いた。

――切なくって、激しくって……おっきな声で歌いたくなる……？

つぶやいて、不思議そうにクリプレを見つめる。

「この曲……」

なぜ、河川敷の遊歩道で小笠原さんが口ずさんでいた歌を、クリプレが……？　ぼうっと聴き入っている理子の目の前に、当の本人がためらいがちに現れた。

セットの瞬が気づいて、歌いながらこちらを見ている。心也や他のメンバーも何事だろうとけげんそうだ。理子の彼氏の出現に蒼太はびっくりしているし、祐一はなりゆきに息をのんだ。

けれど、一番混乱しているのは、間違いなく理子だ。

「……どうして」

理子は目を伏せ、なんとか考えをまとめようとした。でも、いろんな言葉や出来事がつながりそうでつながらない。

「……どうして？」

彼の顔を見る。なぜ、そんなバツが悪そうにしているの？

「……ゴメン。嘘、ついてた」

彼は理子の顔を正面から見ることができないらしく、白分のブーツの先を見つめ、口ごもりながらいった。

「僕の名前はシンヤじゃなくて——秋」

最後のほうは、ほとんど聞き取れない小さな声で。

「え？」

きき返すと、彼はいたたまれない様子で首すじをなでながら、今度は理子にも聞こえる声でいった。

「小笠原、秋」

「秋って……」

理子はハッとなった。

「……そう。クリプレのＡＫＩなんだ」

小笠原さんが、ＡＫＩ……？　もうどんな秘密にも動じないと思っていたのに、驚きを通り越して、頭の中は真っ白だった。

理子も、そして秋も、何をいえばいいのかわからず、その場に立ち尽くしている。

瞬の歌うクリプレの新曲はエンディングに入ろうとしていたけれど、理子の耳にはもう何も聴こえていなかった。

Side　AKI

あんなサイアクの形で、カノジョに伝えるつもりじゃなかった。

「ニートも嘘。歌う女が嫌いっていったのも嘘」

秋は、すべてを正直に話した。

「あの……あたし……歌う……です」

消え入りそうになっていう理子を見て、最低な自分を殴りたくなる。

「うん……知ってる。たぶんホントは、河原ではじめて理子の声を聴いた時から気づいてた。理子が歌うってこと」

まっすぐ耳に届く、澄んだ声。気づかないフリをしていただけだ——気づきたくなかったから。理子が歌わずにはいられないひとだってことに。

「そう……だったんですか……」

「それなのに、歌うな、なんていって。嘘ばっかついてごめん」

水上バスに乗っていた二人は、それっきり会話をなくした。

隅田川沿いの街の景色が流れていく。

水上バスは橋をいくつもくぐり抜け、理子はそのたび頭上を通過していく橋の下を、少しだけ口を開けて物珍しそうに見上げる。

可愛いな。

秋が見ていることに気づいて、ちょっと恥ずかしそうに姿勢を直して前を向く。

でも、嫌われちゃうのかな……。


理子が唐突に口を開いたのは、秋の部屋にいくエレベーターに乗っている時だった。

「でも、小笠原さんは嘘つきじゃないと思います」

「え……」

「だって、音楽を聴けばわかるから」

驚いて隣を見ると、理子はちっとも怒った様子はなくて、優しく微笑《ほほえ》んでいる。

「はじめてあの鼻歌を聴いた時、あたしには悲鳴みたいに聞こえて……あたしのココにちゃんと届いたの」

そういって、軽く握った手を胸に当てる。

「だから守ってあげなきゃって」

「…………」

「だから、あたしにとっては誰よりも正直な人です」

一点の曇りもない言葉だった。ずっしり重かった肩の荷がいっぺんに下りて、胸に温かいものが満ちていく。

扉が開いて、秋は先にエレベーターを出た。相手が誰であれプライベートに立ち入られるのは苦手だから、親しいひと以外、部屋に招いたことはない。でも、理子には全部見てほしかった。嘘をついていたぶんも。

電気をつけ、ふと後ろの気配が消えたのを感じて振り返ると、理子は入口で躊躇《ちゅうちょ》したように立ち止まっている。

「どした?」

理子はうつむいた顔を赤らめ、カーディガンの裾《すそ》を引っぱってもじもじしている。

……あ。

秋は理子のカン違いに気づいて、笑いながら理子を迎えにいった。

「大丈夫。理子に知ってほしいんだ、本当の僕を」

安心させるようにいうと、理子はホッとしたのか、思いきったように足を一歩、部屋の中に踏み入れた。

楽器、作曲機材、歌詞のメモ――理子はゆっくり周囲を見回しながら、あちこちにあるＡＫＩの痕跡《こんせき》を一つ一つ確かめるように手でふれていく。

「本当に、ＡＫＩなんですね」

しみじみいうので、秋は苦笑した。

ふと、理子の視線が引き寄せられるように一点に注がれた。

スタンドに立ててある、古いベースギター。手の当たる場所が、へこんで擦れている。相当使い込んでいるのがわかったのだろう、理子は壊れ物でも扱うように、そっとその弦にふれた。

秋はそのベースギターを取って椅子《いす》に座り、太腿《ふともも》の上に乗せて抱え込むように持った。まるでジグソーパズルの1片がピタッとはまるみたいな、滑らかな動きだ。

「これ、12の時、はじめて買ってもらった楽器なんだ」

「なんでベース？」

理子の疑問も当然で、初心者ならエレキかアコギがふつうだ。

「ホントはギターが欲しかったんだけど……」

秋は懐かしそうに笑い、話しはじめた。

「誕生日ん時に親父《おやじ》がさ、貯金はたいて店でイッチ番高いギター買ってきたぞって。すんげードヤ顔で」

――秋。夢中になれることがあるって、すごいことなんだぞ。

そういって工場勤務の父親に渡されたケースを、秋は涙目で抱きしめた。

あの頃、とっくにエレキギターを買ってもらっていた瞬がどれだけうらやましかったか。でも、秋の家は貧乏人の子だくさんで、バースデーケーキの代わりにケチャップでメッセージを書いた巨大オムレツが出てくるような家だった。

だから、高価な楽器を買うために父親がどれだけ苦労したかと思うと、いまでも胸いっぱいになる。

秋はからだに似合わない大きなケースを背負い、勇んで瞬の家に駆けつけた。

「もう大喜びで開けたらさ……」

弦が4本しかない、それはベースだった。当然瞬は笑い転げ、秋は泣きそうになりながら大きなベースを抱きかかえた。

「でも、そん時、瞬がいったんだ。『これでバンドできるな』って」

ヒーヒー腹を抱えながらも最高の笑みでいった瞬の言葉を、秋は一生忘れない。

それ以来、秋の相棒は父親に買ってもらったミュージックマンスティングレイ。いまも大事に大事に使っている。

「そこに薫と哲平も加わって4人で猛練習してさ」

秋は懐かしそうに目を細めて笑い、そっとベースを撫《な》でた。

「……あの頃は本当に楽しかったな」

秋の話を微笑ましそうに聞いていた理子が、お願いするようにいった。

「小笠原さんのベースも聴いてみたいです」

秋の手が強《こわ》ばったように止まる。心也のベースが好きだといっていた理子。我ながら情けないけれど、そんなカノジョの前で自分のベースを演奏する勇気はない。

それに、バンドをやめてから、人前でベースを弾くこともなくなった。

「……ベースはバンドで弾くもんだから……また今度ね」

苦しまぎれの言い訳をして、ベースをスタンドに戻す。理子はちょっと不服そうにふくれたが、パソコンデスクの上にあった『卒業』のCDを手に取って、パッと顔を輝かせた。

「あたし、この歌が好きです。あそこが笑っちゃうんですよね、給食のパンがマズいってとこ」

呼吸《いき》をするような自然さで、理子は歌いだした。考えるより先に歌ってしまう――そんな感じだ。が、秋がじっと見ていることに気づくと、気まずい顔ですぐにやめてしまった。

いまの……歌い出しだけだったけれど、秋は激しく胸の奥がざわついていた。アコギを手に取って笑顔を向け、理子を促すように伴奏する。

理子がうれしそうに微笑み、「じゃあ」と息を吸って歌いだした。

♪代わり映えしないいつもの教室に
　かけがえの無い大切な仲間がいる
「給食のパンてどうして

こんなにパサついてるんだろう⁉」
そんなこと言い合えるのも
　もう少しで終わってしまうんだね
どくん。心臓が跳ねる。明るい、よく通る声。一度聴いたら忘れられない、印象的な……。AメロからBメロに移り、理子が徐々に声を張り上げていく。

♪変わっていこうぜ
やりたいことまだ見つからなくても
笑っていようぜ
俺たちは俺たちを卒業しないから

サビにきて、秋はガツンと頭を殴られた気分だった。
ちょうど1オクターブ上のきれいな倍音。その歌声は耳に心地よく響きながら、まっすぐ天に突き抜けていく。伸びやかに、どこまでもどこまでも——。

秋は完全に魅了された。楽しくってしかたない。全身でそういいながら歌っている理子の声に。

お前たぶん気に入ると思うよあの子の声。

高樹のいったとおりだった。

しまった、と思った。

好きだ、と思った――。

人通りが絶えてがらんとした月島商店街を、二人は手をつないで歩いた。

半分だけシャッターが開いている角の店で、理子が足を止めた。

「あ、ここです」

「じゃあ」

「じゃ」

理子はつないだ手を名残惜しそうに放し、数歩行ってから振り返って、後ろ向きに歩きながら手を振る。別れがたいのは秋も同じだったが、手を振って見送った。店の前でまた理子が振り返るので、秋は笑い声を抑えるのに苦労した。

理子がシャッターをくぐったのを見届けてから、きた道を戻りかけ、ふと小枝青果店を振り返った秋は今度こそ噴き出してしまった。シャッターの下で、理子が手だけをのぞかせてバイバイしている。

「早く行けよ……」

笑ってつぶやくと、理子の手がきゅっとこぶしを結んで消えた。

春の宵の優しい風が、佃大橋《つくだ》を吹き抜けていく。まだ手に残っている、理子の小さな温《ぬく》もり。そんなささやかなしあわせが、秋をこんなに満ち足りた気持ちにしてくれる。

頭の中に、音楽が鳴りはじめた。

指をイヤホン代わりにしてメロディーを口ずさむ。

車のエンジン音、川の流れる音、船の汽笛。周囲の雑音が音符になってめまぐるしく溢《あふ》れ出し、急《せ》き立てられるように秋の足取りが速くなっていく。

新しい音楽が生まれてくる。

その喜びが、血流のようにからだを駆け巡る。秋は、とうとう駆け足になって走りだした。

部屋に駆け込むなり、コートも脱がずにギターを抱えてパソコンに向かったが、起動するまでの時間がもどかしい。

「あーもう」

待ちきれずに、秋はスマホのボイスレコーダーに歌を録音しはじめた。

以前のように自分がカラッポだなんて思わない。

置いていかれそうになっていた秋がＡＫＩに追いついて、自分がちゃんと一つになって、ここに立っている気がする。

次の日、仕事が早く上がったといって、瞬が秋の部屋を訪れた。

スタジオにいたのが理子だったこと、高樹にスカウトされた理子が心也のプロデュースでデビューする話があること、理子にクリプレのＡＫＩだと打ち明けたこと、そして、理子の歌声にショックを受けたこと――だいたいのことは電話で話してあったが、おそらく秋の様子が気になって顔を見にきたのだろう。

感謝の言葉を口に出すのは照れくさいので、秋はキッチンに立って腕をふるうことにした。

食欲をそそる香ばしい匂いが部屋に充満する。秋は裏返しに載せた皿に片手を添え、フライパンをくるっと引っくり返した。

パリッと焼き上がった餃子《ギョーザ》が、見事、皿に並んでいる。

「おー！」

マルボロ片手にビールを飲みながら待っていた瞬が、歓声を上げた。最近凝っているのは、トマト餃子と照りマヨ餃子。餃子は秋の唯一の得意料理なのだ。

男二人でニンニク多めの餃子をがつがつ頬張《ほおば》りながら、秋はいった。

「できた曲聴けば、高樹さんも心也も考え直してくれるはず」

理子の曲を描きたい。茉莉がミューズに愛される歌声なら、理子は万物に愛される歌声だ。あの声で、僕の作ったメロディーを紡いでもらいたい——秋は夢中で理子のための曲を作っていた。

「クリプレの曲は？」

「もちろん描き続けるよ」

「できんのかそんなこと」

答える前に、秋は改まったように箸《はし》を置いた。

「デビューん時さ、思ったんだ。クリプレを去ることだけが僕にできる音楽への良心だって」

瞬は切ない顔をしただけで、何もいわない。

秋がメンバーを抜けるといった時も、瞬は何もきかなかったし、秋も何もいわなかった。秋の痛みを、瞬も同じように感じているとわかっていたからだ。

「でも、逃げたんだよなけっきょく」

ずっとごまかしてきた自分の弱さを、秋はやっと認めることができた。そして、無二の親友を正面から見据えていった。

「今度は逃げたくない」

「あーったく勝手にやれ」

瞬はうれしそうに笑った。不機嫌なお前より、元気なお前のほうがいいよ。そういっているかのようだった。

「でもこれだけは言っとく。俺たちの曲に手を抜くなよ」

急に真面目くさった顔になって、瞬が指を突きつけてくる。

秋も受けて立つようにあごを反らせていった。

「当然」

二人はぷっと噴き出し、笑いながら缶ビールで乾杯した。


「……僕にやらせてください。理子の曲は僕が描きます」

瞬に宣言した翌日、秋は事務所の社長室で、高樹に頭を下げた。

「プライベートと仕事は分けるんじゃなかったっけ？」

「……お願いします」

沈黙の中に、高樹の葛藤《かっとう》が伝わってくる。秋は頭を下げたまま、じっと返事を待った。

「……ダメだ。いまさらデビューのスケジュールは変えられない。それに」

高樹はそういって、『明日も』というタイトルのついたCD－Rを手に取った。

「心也のデモはもうあがってる」

そこまでプロジェクトが進んでいたとは思ってもみなかった。もう覆すことはできないのだろうか。

それに、心也の作った曲が気にならないといえば嘘になる。

どうしていいかわからないまま、秋は苛立《いらだ》ちを抱えて出口に向かった。すると、ちょうど心也が外から入ってきた。いまは見たくない顔だ。

黙って行き過ぎようとした秋に、すれ違いざま、向こうから声をかけてきた。

「まさか秋君のカノジョだったなんてね」

秋は立ち止まって心也を見た。心也のほうは、秋に何かいいたいらしい。

「クリプレとしてデビューして5年、君は君で悩んできたかもしれないけど、僕は僕でずっと居心地が悪かった」

どんな時も壁を崩そうとしなかった心也が、こんなふうに自分の本音をぶちまけるのははじめてだ。

「ずっと自分のバンドが欲しいと思ってた。マッシュと出会って、やっと居場所を見つけられた気がする」

「マッシュ？」

「カノジョをそう呼ぶことにしたんだ」

——彼氏の僕と同じ呼び方はしたくないってことか。

「卑怯な声してるよねマッシュ」

「…………」

「渡さないよ、君には」

鋭利な刃物のような容赦のない目が、心也の本気を伝えてくる。

しかし自らみすみす機会《チャンス》に背を向けた秋には、理子を取り戻す術《すべ》も、心也に返す言葉すらもなかった。

Side　RICO

理子たちの通う都立徳澤《とくさわ》高校は偏差値そこそこ、部活もそこそこの、特色のないのが特色みたいなごくごく普通の高校だ。でも、理子は自由でのびのびした校風が気に入っている。

だからというわけではないが、昼休みの屋上で、理子はボーッと青い空を眺めていた。

綿菓子みたいな雲が、のんきそうにぽわぽわ浮かんでいる。雲をうらやんだってしょうがないけど、いまの理子には考えることが多すぎる。

——小笠原さんが「ニートのシンヤ」じゃなくて「クリプレのＡＫＩ」だと知ってから、数日が経《た》った。確かに衝撃的だったけれど、それはもうあんまり問題じゃないっていうか。

タマネギが好きなのは意外な甘みやしゃっきり感が好きなのであって、店で一番売れてるメジャー野菜だからというわけじゃないから……って、自分でいっててよくわかんなくなってきた。

ともかく、小笠原さんがＡＫＩだから好きになったわけじゃないということ。

あの嘘にもきっと理由があって、彼がそこにふれられたくないなら、あたしもふれたいとは思わない。「歌が憎い」といったのも、歌う女が嫌いなのも、理子なんかにはわからない事情があるのだ。

言葉は多くないけれど、小笠原さんはやさしいひとだ。いつもあたしの気持ちを気遣ってくれる。正体を告げた時の申し訳なさそうな顔や、自分を知ってほしいと部屋を見せてくれた誠実さが、真実だと思う。

……なんてことを考えていると、突然、目の前で手がひらひらした。

「わ、おー。びっくりした」

蒼太だ。

「大丈夫？」

アタマ、と続けないところが無神経な祐一とはちがうところ。理子が珍しく考え込んでいるので、気になったらしい。

「なんか、嘘みたいっていうか……」

「ＡＫＩさんのこと？」

「いや、っていうより、この間も高樹さんにいわれたの。演奏してるフリしてればいいとか、ゴーストがどうとか、キャラ設定がどうとか」

そう、考えなくちゃいけないのはそのこと。

「蒼太なんて、相談もなしに勝手にドラムって決められてたしな」

あ、と理子は横を見た。すっかり存在忘れてたけど、隣でゆーちゃんがお弁当食べていたんだった。

「俺らの個性とか基本無視だよね」

蒼太もため息をついた。いきなりドラムをやれといわれたって、小学校の時に叩いたオオダイコとはわけがちがう。

「ねぇ、ホントにいいのかな、このままデビューして」

理子が答えを求めるように空を仰ぎ、祐一がパックのコーヒー牛乳を飲み終えたところで、スピーカーから校内放送が流れだした。

『2年3組、小枝理子、君嶋祐一、山崎蒼太、至急体育館にきてください』
3人は顔を見合わせた。
デビューするのがバレたのかな、いやそれなら体育館じゃなくて校長室だろ……あ
あだこうだと推測しながら体育館に入ったとたん、待ち構えていたマスコミの群れに
どっと取り囲まれ、いっせいにカメラのフラッシュが光った。
「な……」
「なんだよこれ」
何が起きているのかわからないまま、気づいた時には壇上中央に引っぱりだされて
いた。
騒ぎに気づいた生徒たちが続々と集まってきて、出入口や窓の外に鈴なりになって
いる。舞台の前には、カメラを構えた大勢のマスコミの人たち。え、あれってもしや
テレビカメラ!?
何かきいてる？　理子が呆然として右隣の蒼太に目で尋ねると、ううん、と蒼太が
戸惑い顔で小さく首を振る。左隣の祐一は——ああゆーちゃん、カメラきてんのに
そんなアホ面……。

「お待たせしましたー！　この3人がこの夏、ミュージシャンとしてデビューが決まった……その名も、『MUSH & Co.《マッシュアンドコー》』です！」

宣伝マンの紹介と同時に背後でぶわっと暗幕が落ち、巨大なペプシNEXのパネルが出現した。そこに『MUSH & Co. Produced by 心也（CRUDE PLAY）』と大々的に記されている。

デビューって……え、ペプシ？　茉莉がCMしてた、あのペプシ？　あっけに取られている理子たちをよそに、大歓声が体育館を揺るがした。

スタッフらしき人から、ペプシNEXのペットボトルを手渡される。

大がかりなドッキリ⁉——いやいやいやいや、なわけないない。

フラッシュとシャッター音をシャワーのように浴びながら、理子にもおぼろげながらわかってきた。

ゆーちゃんとそーちゃんとあたし、『MUSH & Co.』というバンド名で、デビューと同時にペプシNEXのCMキャラクターに抜擢《ばってき》されたらしい……って、マジ⁉

★

舞台の袖《そで》で、高樹が満足げにその様子を見ていた。

イメージは制服と学校。３人の素朴さを強みにして、誰もが応援したくなる親近感で売っていく。

「いちいちやることがエグいですね、高樹さん」

長浜はちらりと隣の男を見やった。本人たちにも内緒の、体育館でのサプライズ記者会見。デビューをからめたこのコラボ企画のおかげで、長浜はここしばらく昼も夜もなく準備に駆けずり回るハメになった。

「あんま褒めんなよ」

しゃあしゃあとしているが、長浜もその手腕は認めざるをえない。ペプシといえば実力派アーティストが起用されることで有名で、前回が同じ事務所の茉莉だったとはいえ、新人が起用されるのは異例中の異例といっていい。

今回はどんな手を使ったのやら、最高の音楽を売るためなら人の心までも道具にしてしまう高樹という男が、長浜は時どきそら恐ろしくなる。

「どうして秋さんにやってもらわなかったんですか？」

秋が頭を下げてきたと聞き、長浜はてっきり高樹が秋にまかせると思っていた。

「……いったろ？　秋は悩んだほうがいい曲描くって」

あ然としている長浜を尻目に、高樹はにやりとした。

秋にはさっきヤフトピを見ろとメールを送っておいたから、いまごろショックを受けているかもしれない。

さて、あの悩める天才君が今度はどんな曲を描いてくるか――楽しみだ。

★

階段を一気に駆け上がった理子は、ハアハア息を切らしながら鋼製のドアを叩いた。学校から走り通しで汗だくなのに、ハンカチも持っていない。

すぐに鍵《かぎ》の開く音がして、内側からドアが開いた。

「え？　いま、記者会見……え？」

上履きのまま手にペプシだけ持った理子を見て、秋は目を丸くしている。それもそのはず、部屋の奥のパソコンの画面に、ヤフトピのリアルタイム速報で『ペプシNEXの新CMキャラクターに異例の新人起用。プロデュースはクリュードプレイの心也』という写真つきのニュースが流れていた。

「抜け出してきたんですっ」

ほとんど衝動的だった。あまりにも高いハードルを前にして、怖気《おじけ》づいてしまったのかもしれない。

そーちゃんとゆーちゃん、心配してるだろうな。きっと高樹さんがうまくごまかしてくれるだろうけど、あとでめちゃくちゃ怒られるかも……。

「抜け出してきたって……なんで」

「なんか、もう、どうしていいかわかんなくて」

いまごろ足が震えてきて、理子はペプシをぎゅっと握りしめた。

夕暮れの中央大橋を秋と並んで歩きながら、理子は脱走の理由を打ち明けた。

「知らないところでどんどん話が進んじゃってて……高樹さんのいうこともよくわかんなくて」

「理子は、デビュー、したくないの？」

核心を突かれて、理子は唇をきゅっと結んだ。

「デビューっていうか……あたし、ただ歌うのが好きなだけで……」

こんなの、ダダをこねているワガママな子供みたいだ。うつむいて歩いていたから、
理子はいつの間にか秋が立ち止まっていたことに気づかなかった。

「大丈夫」

えっ。数歩先から驚いて振り返ると、包み込むように温かい、それでいて力強いまなざしが待っていた。

「僕が理子の歌を守るから」

秋がいった。

「僕の歌を、歌ってほしいんだ」

夢みたいな言葉をもらって、心が踊りだしそうだった。……でも、なぜそんなことを――？

「俺、一度音楽に背を向けたことがあって、それからずっと苦しかった。でも理子とならもう一度向き合える気がした。……今度は逃げたくない」

理子は胸がいっぱいになった。好きなひとが、弱みをさらけだして、心の中を見せてくれる——信頼されるって、大切に思われてるってことなんだと、はじめて知った。

秋は欄干に両肘《りょうひじ》を置き、川の流れを見つめながら続けた。

「いまさ、音楽がすごく楽しいんだ」

「……え？」

理子は思わず聞き返した。山手線の高架下で、「歌が憎い」といった彼。あの時のつらそうな声とは全然ちがう、別人のように明るい声だ。

秋はそのまま顔だけ振り向いて、理子に微笑んだ。

「理子のおかげ」

そしてまた、照れくさそうに前を向く。

……なにそれ。反則だよ。うれしくてうれしくて、顔がクシャクシャになる。単純すぎかな。さっきまで潰《つぶ》れそうだったのに、もういまは無敵な気分。

大好きなひとが、大好きな歌を、大好きだといってくれる。

理子は笑顔になって、秋のもとへダッシュした。

「……それ、ずっと握ってるけど？」

隣でニコニコしていると、秋が理子の手のペプシを指さしていった。

「あ、や、つい……あたしフツーにこれ飲んでたから、なんか変な感じ。これ、レモンの味するんですよね」

「レモン？　そんな味したっけ？」

「するよ？」

理子はプシュッとフタを開け、口をつけてごくごくと飲んだ。乾いたのどに炭酸の刺激が心地いい。

「ほら、やっぱするよー」

笑ってそういった瞬間、秋の唇が理子の唇を包み込んだ。

——好きだよ。

心がふれ合うような、そんなやさしいキスだった。

彼の顔がゆっくりと離れて、確かめるように自分の唇を舐《な》めた。

「……うん、するかな」

そして、気まずそうにまた川を見る。

「……するよ」

理子ははにかんで答えた。頬が赤いのを、夕陽のせいにできたらいいけど――。

しあわせな夕暮れが、二人を包んでいった。

★

記者会見から数日後、会議を終えた高樹は、ハースト・レコーズの地下駐車場に停《と》めたポルシェのカーステレオにCD－Rを挿入した。

長浜が重役連中を相手にMUSH & Co.のプロモーション展開についてプレゼンしている最中、いきなり秋が会議室のドアを開けて持ってきたものだ。

「『MUSH & Co. Debut DEMO』」

テーブルの上に無言で置かれたCD－Rのタイトルを高樹が読み上げると、一同にざわめきが走った。

「お前、俺の話を聞いてなかったのか？」

「一回聴くだけでいい」

「……空気の読めない奴だね、相変わらず」

堂々と会議に割って入ってきて、秋は謝罪もなく立ち去った。それだけ自信があるということだろう。

曲が始まった。ハンドルでリズムをとっていた高樹の口もとが、徐々に緩んでいく。やがて、高樹はいままで見せたことのない笑顔になった。ビジネスや金儲けとは無縁の、ただ最高の音楽に出会えた瞬間の純粋な喜びに浸るような、音楽を愛する者にしかなしえない、そんな笑顔だった。

そこへ、長浜から着信があった。話しているうちに笑顔が消え、だんだん眉間《みけん》のしわが深くなっていく。

「……ん、わかった。まぁ落ち着けよ。……わかってるよ、やばいってことは。今そっち戻るからとりあえず現物送ってもらえ。本人には何も言うなよ」

高樹はエンジンを切り、車を降りて足早に社内へ戻っていった。

T R A C K 3

Side RICO

傘をさしていても肌にまとわりつくような、絹糸のように細い雨の中を、理子たちは楽器を抱えて『オフィスタカギ』の玄関ロビーに駆け込んだ。

「だーっ雨！　ギター壊れたらぜってー許さねぇからな」

「そんなに濡《ぬ》れてないよ」

雨粒を払いながらぶうぶう文句をいう祐一を、蒼太が笑いながらなだめている。

「じゃボイトレのあと、そっち合流するね」

理子も笑いながらいった。デビューを間近に控え、3人とも時間の許す限りレッスンに通っている。

「レッスンしっかりやれよ！」

「お前もな！」

軽口を叩《たた》きあって二人と別れ、理子は自分のレッスン室のほうへ足を向けた。

「マッシュちゃん」

呼ばれて声のほうを見ると、待ち合いスペースのソファにイヤホンをつけた茉莉が座っていた。

「あ、茉莉！　……じゃない、茉莉さん」

慌てていい直すと、茉莉は気分を悪くした様子もなく、ふふっと微笑《ほほえ》んだ。

──信じられない！　茉莉さんがいま、あたしのこと「マッシュちゃん」って……。

「あたしのこと、知ってるんですか？」

口をきくのも恐れ多い気がして、理子はおずおずと尋ねた。

「……可愛《かわい》い後輩だもの。よかったらココ座らない？」

「そんなそんな！　お邪魔しちゃ悪いし」

理子は焦っていった。音楽を聴いているみたいだし、何を話していいかもわからない。でも、可愛い後輩っていってくれたうえに、向こうから気さくに声をかけてくれるなんて大感激。あとでゆーちゃんとそーちゃんに死ぬほど自慢しようっと。

「車、待ってるだけだから」

天下の歌姫にそこまでいわれて、断れるひとがいたら見てみたい。

理子は緊張しつつ「じゃあ」とギターケースをソファの脇に置き、茉莉の向かいにチョコンと座った。

近くで見ると、ますますキレイ……。理子はテーブルを挟んで茉莉に見惚《みと》れた。シックなダークパープルのワンピが超似合っている。ピンヒールはたぶん外国のデザイナーズもので、細い足首がすごくセクシー。

バーゲンで買ったTシャツが急に恥ずかしくなった。小笠原さんとつきあいだしてから、がんばって毎朝髪をブローしているし、化粧水もつけるようになった。日焼け厳禁、ニキビだって見逃さない。でも、茉莉さんの前だと、そんな努力が全部ムダに思えてしまう。

――つきあってるひといるのかな。いないわけないか。こんなきれいなひとだったら、きっと彼氏のほうがベタ惚《ぼ》れだよね。

理子がぼーっとしていると、茉莉がいった。

「ね、このクリプレの新曲、すごくいいよね」

茉莉の外したイヤホンから、瞬の歌声が漏れ聴こえてくる。『サヨナラの準備は、もうできていた』だ。

「これ描いた時、秋はどんな気持ちだったのかな」

ふいにきかれて、理子は答えに詰まった。

「サヨナラなんて、バカなコね」

理子にいったのか、独り言なのか——なんだかきつい口調だ。

茉莉の言葉の意味も理解できず、理子はなんと返事をしたらいいかわからない。茉莉の曲は秋が描いていると聞いたけれど、何か他にもあるのだろうか。

なぜか胸の奥がざわざわする。理子が戸惑っていると、ふと窓の外に目をやった茉莉が、にっこり笑って立ち上がった。

「……じゃ、頑張って。マッシュちゃん」

そういって背を向けたとたん、茉莉の顔から笑みが消える。

何も知らず茉莉の後ろ姿を理子が見送っていると、玄関の外に、傘をさして歩いてくる秋の姿が見えた。

「あ」

小笠原さん！　ここで会えるなんて。理子が笑顔になって玄関まで駆けていこうとした時――。

秋が急に足を止めた。外に出た茉莉が、その秋の傘の中へ、当たり前のように入っていく。

一つ傘の中で向かい合い、何かしゃべるでもなく、ただ見つめ合っている二人は、まるで外国映画の恋人同士みたいだった。

理子が動けないでいると、二人の横に茉莉の迎えらしいバンが滑り込んできた。

どきん。茉莉の唇が一瞬、くっつきそうなほど秋の顔に近づいて、意味ありげに笑みながら、きれいに爪《つめ》をネイルした手を秋の腰に回して離れていった。

秋はその場に立ったまま、車に乗り込んでいく茉莉を見つめている。

どきん、どきん。

理子の鼓動が速くなっていく。

「歌う女がキライって……」

にぶいにぶいっていわれているのに、どうしてこういう時だけ、カンが働くんだろう。

秋がからだの向きを変えた。

——こんな顔、見られたくない。
理子はギターケースをつかみ、その場から逃げるように駆けだした。
切ない歌詞がヘッドフォンから耳を通り、胸にしみ込んでくる。

♪わざと雨の中
　濡れて待っていたんだろう
　勝負笑顔で手を振って
　瞬間で恋に落ちた
　僕を君はきっと
　あざ笑っていたんだろ

理子はレコーディングスタジオにこもり、MP3プレーヤーで曲を流していた。
元カノへの想《おも》いが詰まった、切ない失恋の歌。

——これ描いた時、秋はどんな気持ちだったのかな。

茉莉さんがいいたかったのは、そういうこと?

♪僕たちはどうして
　出会ってしまったんだろう
　サヨナラの準備は、もうできていた
　いつだって　いまだって　ずっとずっと

やっぱり、茉莉さんのことだ……。

理子はうつむいて唇をかんだ。

……この曲は、小笠原さんが茉莉さんを想って描いた曲……。

脳裏に、雨の中の二人の姿がフラッシュバックする。

傘の中の親密な空気。車に乗り込む前、キスするのかと思うほど茉莉が秋に顔を寄せた瞬間。意味ありげに笑みながら秋の腰にふれた手。

あんなの、誰が見たってわかるよ……二人がどんな仲だったかって……。

胸がしめつけられるように苦しい。

下を向いていた理子の前に、ふいにミネラルウォーターが差し出された。

心也だった。

「……ありがとうございます」

力なくペットボトルを受け取る。落ち込んでいるのは一目瞭然《いちもくりょうぜん》なはずなのに、心也は何もきかず、そばに立っている。

「新曲、すごくいい曲ですよね」

明るくいったけれど、無理やり作った笑顔は、すぐに剥《は》がれ落ちた。

「恋心がすごく胸に迫ってくるっていうか……。ほんとに……好きなんだっていうか」

自分でいって、泣きそうになる。

「ほんとに……好きなんだっていうか」

顔を上げていられず、理子はまたうつむいてしまった。

もし小笠原さんがまだ茉莉さんを好きだったとしたら……。

茉莉さんと比べられたりしてたら、どうしよう。

あんなやさしいキスを、茉莉さんにもしたのかな……。

嫉妬《しっと》。不安。コンプレックス。どろどろした黒い感情に呑《の》み込まれてしまいそうだった。

「僕の歌は？」

いつの間にか、心也が理子のアコギを構えていた。

「歌える？」

やさしく笑いかけてくる。

そこでようやく、理子は自分の甘えに気づいて恥ずかしくなった。

——あたし、何やってるんだろう。心也さんに気を遣わせて。これから歌を仕事にして、歌って人からお金をもらおうとしているのに……。

理子は心也にうなずき、息を整えると、イントロをアカペラで歌いはじめた。

♪10年後の未来のことなんてわかんないよ
ねえ難しく考えすぎてない？

心也がギターでコードをのせる。

——そうだよ。難しく考えすぎているだけ。過去は関係ない。いまつきあっているのはあたしなんだから……。

理子は無心になって歌い続けた。


茉莉とＡＫＩの熱愛が写真週刊誌に報じられたのは、それから数日後のことだった。


理子はヘッドフォンを首にかけ、大急ぎでスニーカーを履いた。

仕入れから帰ってきた両親は、店に置いたテレビで朝のワイドショーを見ている。人気女性シンガーの熱愛発覚、とかなんとか。テレビは毎日誰かの恋愛に大騒ぎだ。

「行ってきまーす」

「おう、行ってこーい」

店頭のオレンジを手に取って店を出ようとした時、理子の耳にアナウンサーの声が飛び込んできた。

『──と茉莉さんが交際していることがわかったと各紙が一面で伝えています』

『いままで謎《なぞ》に包まれていたAKIさんの素顔も、ここで初公開になったわけですが──』


……茉莉が交際？　AKIの素顔……って？

理子がゆっくり振り返ると、傘をさし、腕を組んで仲良さそうに歩く秋と茉莉の写真が、テレビ画面に大写しになっていた。

「お似合いのカップルだねーこの二人。よ、美男美女！」

陽気な父親の声が、どこか遠くに聞こえる。

今度は、マスコミに追われる茉莉の姿が映った。

『1年間ひそかに育《はぐく》んできた愛を、AKIさんが茉莉さんの曲をプロデュースすることで結実させ──』

口の中に砂を詰め込まれたみたいに、理子はテレビの画面を無表情のまま見つめていた。

今日一日学校で何をしていたか、まったく記憶がない。

ただ、放課後に秋から着信があって、理子は逃げ帰ろうとする自分を叱咤《しった》しながら、隅田川テラスの遊歩道にやってきた。

——なんでもないよ。あんなのマスコミが勝手に書いてるだけだから。

きっとそういってくれる。

——なあんだ、そうだったんだ。

二人で笑い合って、そしてまた、あの大きな腕でやさしく抱きしめてくれる。

そう思うのに、理子の足は鉛のように重くて、なかなか進んでくれない。

秋は、はじめて出会ったあの朝と同じ場所で、ラジコンヘリを飛ばしていた。

理子に気づくと、秋は一瞬だけ理子に目を向け、すぐにまたラジコンヘリに視線を戻していった。

「急に呼び出してワリ」

今日は無邪気に彼の隣に行くことができない。少しでも傷つかないように、無意識のうちに足を止めてしまったのかもしれない。

「……もう知ってるよね」

理子はコクリ、と小さくうなずいた。次の言葉を聞くのが恐くて、急にひざが震えだす。

覚悟もできないうちに、秋は淡々といった。

「……ホントなんだ、あの記事」

いきなり胸をひと突きにされた気がした。

……ホントって……。小笠原さんの彼女は、茉莉さんだってこと……。

じゃあ、あたしは？　あたしはなんだったの？

理子はすがるように、ショルダーバッグの肩ヒモを両手でぎゅっと握りしめた。

「……あの時、ひと目惚れっていったのは……」

「あーそういえばそんなこといったかな。あれね、正直、誰でもよかったんだよね」

ダレデモヨカッタ。ダレデモヨカッタ。ダレデモヨカッタ……。

「……そんなはず……」

あの熱っぽいキスも？

やさしい言葉も？

愛《いと》おしそうに見つめる瞳《ひとみ》や、楽しそうな笑顔も？

あれは全部、気まぐれだったっていうの？

「そんなはずない。だって。だって……」

ラジコンヘリがうなるような音を立てて、理子と秋の間に着地した。

「うっぜーな……」

突き放すようないい方だった。理子がからだをこわばらせていると、秋はうっとうしそうにため息をつきながら、ラジコンヘリを抱え上げた。

「もっとハッキリいおうか」

フリーズしている理子に、冷たく目を合わせてくる。

「僕は君のことなんて、少しも好きじゃない」

向けられた嫌悪の表情が、理子を打ちのめした。秋が歩きだす。理子は呼吸をすることも、瞬《まばた》きすることも、手を動かすこともできない。

大切だったものが全部、粉々に砕け散った気分だった。

横を通り過ぎていったと思った秋の声が、後ろから聞こえてきた。

「理子は理子の歌を歌え」

そんな最後の言葉を残して、秋の気配が離れていく。理子は放心したように、遠くなっていく足音を聞いていた。

——あ、そうか。フラれたんだ……。

まるで毒のように悲しみがゆっくりと全身を駆け巡り、こらえていたものが一気に溢《あふ》れだした。

足から力が抜けたように、理子はその場にうずくまった。

涙があとからあとから流れ出て、理子の頬《ほお》を、カーディガンの袖《そで》を、スニーカーの先の地面を濡らしていく。

頭の芯《しん》がしびれるほど、理子は泣き続けた——ずたずたの心を抱えて。

Side AKI

後ろから理子の泣く声が聞こえてくる。
秋の顔が悲痛にゆがんだ。
――僕が泣かせた。僕が傷つけた。ひどい言葉で。
背中を、理子の悲しみがえぐってくるようだった。
――最低の男だって嫌ってくれ。そして、一日も早く僕を忘れてくれ。
秋は懸命に嗚咽《おえつ》をこらえながら、足早にスロープを登っていった。

「……いい曲だったよ。たぶん、いままでで一番」
あの雨の日、事務所に呼び出された秋は、高樹の言葉に思わずソファから身を乗り出しそうになった。

「じゃあ……！」

「でも残念だ」

そういって、高樹は写真週刊誌のゲラ刷りをテーブルの上に出してきた。

「記者に尾《つ》けられたな」

秋と制服の理子が、中央大橋でキスしている写真が載っている。

秋は震える手で、そのゲラ刷りを手に取った。見出しは、『デビュー会見直後のキス現場』。どれほどえげつない文章が添えられているかは、読まなくてもわかる。

「これが世に出たら理子の未来がどうなるか、わかるよな？」

言葉どころか、声も出ない。この世界に入って5年、才能とは無関係の、くだらないゴシップや誹謗《ひぼう》中傷のせいで消えていったアーティストを何人も見てきた。

「どうにかして欲しいか」

「……はい」

かすれた声で、ようやくそれだけいった。

「……一つだけ方法がある」

高樹は向かいのソファから立ち上がって、別の封筒から、引き伸ばした数枚の写真を取り出した。

「こいつで取引する。俺が前に握り潰《つぶ》したネタだけどな」

秋はまたしても呆然とした。いつ撮られたものだろうか、傘をさした秋と茉莉が腕を組んで歩いている、スクープ写真だった。

知らないところで高樹に守られていたなんて。自分がどうしようもなくバカで無力なガキに思える。

「茉莉は……」

うつむいたままきくと、高樹は面と向かうのを避けるように窓辺に立ち、秋に背を向けていった。

「茉莉にはもう話してある。納得してくれたよ、条件つきで」

「条件？」

秋は顔を上げた。ついさっき玄関の外で傘に入ってきた時、茉莉からは何も聞いていない。

「理子と別れろって」

いきなりみぞおちを殴られた気分だった。そういうことか。妙に引っかかっていたのだ。茉莉の妙に自信ありげな、あのしたたかな笑み……。

何よりも自分の迂闊《うかつ》さを呪《のろ》いながら、秋はふらふらと社長室を出た。

理子と別れるなんて嫌だ。

理子に僕の歌を歌ってほしい。

でも、理子の歌を守るといったのは僕だ。

理子と別れなければ、理子の歌を守れない。

堂々巡りで答えは見つからず、廊下を歩きながら、瞬に電話をかけた。

「スキャンダルを逆手に取ってちゃっかり茉莉の話題作りか。いかにも高樹さんの考えそうなことだよ」

電話の向こうで瞬は怒っている。

「あいつの話なんか聞くな、絶対に断れ」

「でも、そしたら理子が……」

我ながら途方に暮れた声だ。

「理子ちゃんってそこまでしてデビューしたいって思ってねーんじゃねーの？　そもそも」

その時、どこからか歌声が聴こえてきた。間違えようのない、理子の声だ。スマホを耳に当てたまま近くのレコーディングスタジオをのぞき込むと、心也のギターに合わせて歌っている理子の姿があった。

「おい、聞いてんのか?」

「……瞬、また電話する」

「秋」

一方的に電話を切って、秋は歌に聴き入った。

おそらく、心也のオリジナルだ。理子の伸びやかな声の良さを活《い》かした、作り込まれた音色――。

いい曲だった。

すごく、いい曲だった。

「………」

理子が気持ちよさそうに歌っている。そんな理子をうれしそうに見つめる心也。

この歌声が、世に出ないで埋もれていいはずがない。理子のための曲があって、何より理子がしあわせに歌っていられて……。

──なら、迷うことはない。

秋は断ち切るように背を向けて、その場を立ち去った。

あきらめはついていたはずなのに、心は何度も遊歩道に置き去りにした理子のもとへ戻ろうとする。

泣かないで。

泣くなよ。

お願いだから──。

茉莉と別れを決意した時でさえ、これほど胸の潰れるような思いはしなかった。

ようやく誰の目もない階段まできて腰を下ろすと、秋は身を隠すように壁にもたれかかった。

音が舞い降りてくる。

耳に指を当て、スマホを出してマイク部分にメロディーを口ずさむ。可愛い曲だ。

理子に歌ってほしかった。理子のあの声で、僕の曲を──。

とぎれとぎれのハミングが、次第に嗚咽に変わっていく。秋はスマホを地面に叩きつけ、思いきり足で地面を蹴《け》り飛ばした。

けっきょく、欲しいものは何一つ手に入らないんだ。

こらえようとしても、涙はいっこうに止まらない。

——でも。

涙が頬を伝うにまかせて、秋は暮れていく空を見上げた。

でも、どうして僕は、こんな時ほど音が湧《わ》いてくるんだろう。


秋はとりつかれたように曲を作りはじめた。部屋にこもり、チョコレートを齧《かじ》りながら、来る日も来る日も無我夢中で曲を作り続ける。そうしている時だけ、悲しみを忘れられた。

もう河川敷の遊歩道へ、ラジコンヘリを飛ばしにいくこともない。

茉莉との熱愛報道で顔がさらされてから、たまに外に出かける時はキャップの上にフードをかぶる。

以前、理子と手をつないで走った渋谷の街を、いまは人の目を気にしながら、うつむき加減で歩かなければならなくなった。

砂を噛《か》むような味気ない毎日を、ただ生きている。

スクランブル交差点を渡って駅に向かう途中、秋は背後からその声につかまった。

振り返らずにはいられない、強烈な理子の高音。

見上げると、街頭ビジョンにMUSH & Co.が出演しているペプシＮＥＸのＣＭが流れていた。

跳んだりはねたり、まぶしい笑顔で歌う理子。そのまっすぐな瞳が、胸に痛いほど輝いて見える。

「…………」

もう、僕の居場所はどこにもない——そう思った。

Ｓｉｄｅ　ＲＩＣＯ

渋谷のタワーレコードで、茉莉の新曲『祈り』の発表記者会見が行われた。

『新曲は今までにないスケールで、ＡＫＩの愛の大きさを感じますが』

『……そうですね。生涯大切にしたい、最高の一曲になりました。いまはＡＫＩに感謝したい気持ちでいっぱいです』

――ＡＫＩはやっぱり天才だ。テーマは「愛」と「命」と「地球」。この曲でまた歌姫として君臨する。茉莉は満足げな、最上の笑みを浮かべた。

★

高校の教室は、その話題でもちきりだった。

「茉莉のニューシングルをＡＫＩがプロデュース⁉」

「わーいいわぁ」

誰かがスマホでニュースを見ているらしく、後ろのほうの席で数人の女子が騒いでいる。

理子は身じろぎもせず、貝のように押し黙って自分の席に座っていた。

小笠原さんが、茉莉さんのためだけに描いた曲。じきに、どこへ行ってもその曲を耳にするようになる。

「てか、見て、ちょーイケメンなんだけど」

「しかも才能もある」

「羨《うらや》ましすぎる～」

「僕の曲、歌ってくれないか……とかゆって！」

きゃあっと黄色い声があがる。

それ以上聞いていられず、理子は椅子《いす》を蹴って教室から逃げ出した。傷ついた心がどくどくと血を流す。いつになったら、この傷口は塞《ふさ》がってくれるんだろう。

あの日、河川敷の遊歩道で、理子はさんざん泣いた。それこそ、からだじゅうの水分がなくなってしまうかと思うほど。それでも心はどこからか湧き出る泉を探してきて、理子に涙を流させる。

想像の中の恋は楽しいことばかりで、失恋でさえも甘美な気がしていた。現実の恋は息もできないくらいしあわせで、同じくらい苦しくて――。

彼のことは全部忘れてしまいたいと思うのに、ささいなやりとりやちょっとしたしぐさ、ただの相づちさえ、ひとつ残らず覚えている。

思い出のかけらはそこかしこに散らばっていて、そのたび胸が張り裂けそうになる。夕暮れの中でキスした中央大橋を、理子は泣きながら走り抜けた。

いつか痛みも涙もなくなって、彼の記憶はからだの奥深くに沈んでいくのだろうか。

理子は、がむしゃらに音楽に打ち込んだ。日々のボイストレーニングやバンドの練習。歌っている時だけは、何もかも忘れられた。

そばで見ている祐一と蒼太は痛々しく思っていたに違いない。でも、二人は何もいわずに理子をそっとしておいてくれた。

やっとフラれたことを話すと、そーちゃんは黙って胸を貸してくれたし、ゆーちゃんはとんでもねー二股《ふたまた》野郎だって激怒してくれた。

けれど、不思議と理子は彼を憎む気になれない。つくづくバカなのかもしれないけど、それでも彼を好きだという想いは、どうしても消えてくれなかった。

木々の緑が陽光を浴びて青さを増していく。それにつれて、失恋の傷も少しずつ癒《い》えていった。

もう泣かずに中央大橋を通れるし、河川敷の遊歩道……だけはまだ足が向かないけれど、水上バスを見るのもタワレコに行くのも平気だ。茉莉の曲に耳を塞いだりもしない。

そして何より、大がかりなデビューライブを控えて、毎日がめまぐるしく過ぎていく。

今日は久しぶりの休みで、理子はさっそく配達に駆り出されていた。

下町で商売している家はたいがいどこもそうだけれど、子供が店を手伝うのは当たり前。お前は声がでかいからと、理子は学校から帰ると毎日店頭でタイムセールの呼び込みをさせられていた。おかげで、のどが鍛えられたのかもしれない。

「こんにちはー。小枝青果店でーす」

理子が野菜を届けにいくと、お得意様のお婆《ばあ》ちゃんがニコニコしていった。

「あーたのお父さんにいっとくわ。月島が生んだ大スターに配達させてんじゃねーって」

「はは。いっといてよ」

「来週のデビューライブ、応援に行くからねー！」

「ありがとう」

笑顔だってすんなり出てくる。

帰り道、思いきって秋が住んでいるビルのほうへ自転車を向けた。いつまでも避けて通るわけにはいかない。

近くまできた理子は、思わず急ブレーキで自転車を停《と》めた。ビルの表の道路に、椅子やら机やら、秋の部屋にあった家具がいくつか無造作に出されている。

どうしても気にかかって、理子は2階の部屋の前まできてしまった。もちろん、声をかける勇気はない。

——ちょっと様子をのぞいてみるだけ。自分にいいわけしながらそーっとドアノブを回すと、鍵《かぎ》がかかっていなかった。

人の気配はない。思いきって中に入ると、物がずいぶんなくなっていて、段ボールがいくつも積んである。あきらかに引っ越しの作業中だった。

「………」

音響機材がまとめてある場所で、理子の目が止まった。

——スティングレイ。

その姿は、幾度もの戦いで傷つきながら、なお立ち上がる勇ましい戦士のようだった。

ゆっくりと手に取って抱え上げる。その時、それまで風景写真を映していたパソコンのスクリーンセーバーが、秋の高校時代のアルバムに切り替わった。

学ラン姿の秋と瞬、哲平と薫の写真が次々と出てくる。

理子の顔が思わずほころんだ。みんなやんちゃな少年のようにはしゃいで、ひどく楽しそうだ。

ベースを弾いている秋は、理子が見たこともない、とてもいい笑顔をしていた。

——あの頃は本当に楽しかったな。

宝物みたいに、でもちょっと寂しそうにいった秋の言葉を思い出す。

ベースを弾くのが楽しくてたまらない、音楽が好きでたまらない——写真の笑顔から、そんな純粋な想いが伝わってくる。

理子はぎゅっとベースを胸に抱きしめた。

——このスティングレイは、小笠原さんそのもの。

ぎゅっと、ぎゅっと強くベースを抱きしめ、そのままぺたんと床に座り込む。目をつぶると、彼の温《ぬく》もりが感じられるようだった。

その時、物音がして、理子は夢から覚めたように目を開けた。

秋が外から戻ってきたらしい。そろりと立ち上がってのぞき込むと、白い軍手をはめ、棚の本をどんどん段ボールに詰めている。

どうしよう、と思うけど、それよりも久しぶりに見るその姿から目が離せない。

ベースを抱きかかえたまま見つめていると、理子に気づいた秋がハッと硬直した。

びっくりして、声も出ないようだ。

「……どこかに、行っちゃうんですか?」

そっか。どこかに行っちゃうんだ……。自分の言葉に動揺してうつむいた次の瞬間、理子はひゅっと息を吸って顔を上げた。

そして——自分でも何をしているかわからないまま、ベースを抱えて駆けだしていた。

「え」

声をあげた秋を振り向きもせず、アンプからバチッと音を立てて抜けたシールドを引きずって部屋を飛び出していく。

「……おい。ちょ、待て!」

秋が慌てて追いかけてくる。理子はエレベーターに乗り込み、急いで閉ボタンを押した。

「……はぁぁ!?」

理子の突拍子もない行動に心底呆《あき》れ果てたような秋の声が、扉の向こうから聞こえてきた。けれど、いまさら引き返せない。外に出た理子はベースをしっかりと胸に抱き、無我夢中で猛ダッシュした。

まるで逃走犯だ。

「理子！　何してんだ」

探し回っている秋の声から逃れるように、路地に入って家の陰に身を潜める。

「理子！　理子！」

秋の声が次第に遠ざかっていく。気づかずに通り過ぎていったみたいだ。

理子はベースを抱えたまま、ずずず、と地べたに座り込んだ。一気に力が抜けてしまった。

「……何やっちゃってんだ、あたし」

自分でもどうするつもりなのか、見当もつかない。理子は肩で息をしながら、後悔に青ざめた。


——小笠原さんを、どこにも行かせたくなかったんだ。

翌日、理子はレコーディングスタジオのテーブルにべったりとうつぶして、果てしなく深い自己嫌悪に陥っていた。

そんなことで繫《つな》ぎとめられるはずもないのに、小笠原さんの宝物を人質にするなんて。とんでもないやつだって、怒り狂ってるにちがいない。

どうしよう、どうしよう、どうしよう……。

「スティングレイ、パクったんだって？」

瞬が入ってきて、作業台に腰をかけながら笑っていった。

「瞬さん」

きのう、瞬が誰もいない部屋で秋を待っていると、汗だくになった秋が帰ってきて、「理子にやられた」と愉快な報告を受けたのだという。

「……小笠原さん、どっか行こうとしてるんです。でも行かないでっていえなくて……」

理子が頼りなげにいうと、瞬はフッと笑い、マルボロに火をつけた。

「誰も自分を知らないところで一から音楽をやり直したいんだって」

そのために、秋は高樹とクリプレのメンバー宛《あて》に大量の新曲データをまとめて送ってきた。それこそアルバム数枚分のストックがあったらしい。

「そんな顔すんなよ。あいつ絶対、もっとすごくなって帰ってくるって」

しょんぼりしている理子を励ますように、瞬は笑いながらいった。

「大丈夫。最近すげーいい顔するようになったから。昔よくしてたみたいな、楽しそうな顔」

瞬はまるで自分のことのように、うれしそうに目を細めている。親友以上の絆《きずな》で結ばれている二人が、理子にはうらやましかった。

——だって、あたしには何もない……。

「理子ちゃんと出会ってからだよ」

理子が、え……と顔を向けると、瞬はやさしく微笑んでいった。

「ま、理子ちゃんの活躍を見るのがつらいってのが本音だろーけど、そこまでいわせるのは可哀想《かわいそう》だろ？」

「……でも、小笠原さんはあたしのこと……」

すると瞬は、いたずらっぽい笑みを浮かべて1枚のCD－Rを取り出した。

「じつは俺も秋の部屋からパクってきちまった」

秋を待っている間、ロンドンの地図と航空チケットの間に挟まっていたのを偶然見つけたのだという。

「もらってないタイトルでね。できたばっかの曲っぽいんだけど、俺にも聴かせねーでロンドンに持ってこうとしてたんだ」

瞬が何をいいたいのかわからないまま、理子は黙って話を聞いていた。

「誰のキーで描かれてたと思う？」

そういって、ＣＤ－Ｒを理子に掲げてみせる。

「これ聴けば、ぜんぶわかる。何がホントなのか」

瞬は立ち上がってそれを理子に渡し、

「出発は来週だってさ」

と理子の頭をポンポンと叩き、部屋を出ていった。

「………」

手の中に残された白い盤。そこには、秋の字で『Ｒ』と書かれていた。

夕焼けに照らされた隅田川が、さらさらと音を立てて流れていく。

中央大橋の歩道を歩きながら、理子はヘッドフォンをつけた。

聴くのが恐い気もする。瞬さんはいった。これを聴けば本当のことがわかると。

学校帰りの小学生たちが、にぎやかにすれ違っていく。

理子は橋の真ん中で足を止め、欄干にもたれかかった。記者会見を抜け出してきた時、彼とキスした場所だ。

印象的なベースラインのイントロが流れはじめた。

「……………」

川面を見つめていた理子の顔がくしゃっとゆがんだかと思うと、目から涙がこぼれ落ちた。

──僕が、理子の歌を守るよ。

曲の中に、秋の声が聞こえる。すべての詞《ことば》が、彼からの愛だった。

拭《ぬぐ》っても拭っても溢れてくる涙を、理子はどうすることもできなかった。

Side AKI&RICO

何もなくなった部屋に、柔らかな朝の光が差し込んでくる。

床の上には、おつまみの残骸《ざんがい》にビールの空き缶。

二人で笑い転げながらやった人生ゲームの上には、高校時代の懐かしい写真が散らばっている。

瞬はタバコを吸いながら最後にそれを見収めると、帰り支度をして、床に転がって眠っている秋にいった。

「飛行機、遅れんなよ」

秋のそばを、瞬の足が通り過ぎていく。

「……じゃあな、秋」

別れの言葉を残して瞬が出ていくと、秋はそっと目を開けた。

……じゃあな、瞬。


オープンステージが設置された会場に続々と客が集まってくる。

販売コーナーには、MUSH & Co.のCDはもちろん、マッシュルームの女の子をキャラクターにしたTシャツ、タオル、うちわ、缶バッジ……ありとあらゆるグッズが並び、ここにも大勢の客が並んでいた。

徐々にその時が迫ってくる。理子はステージ脇の仮設テントで、祐一と蒼太とともにドキドキしながら出番を待っていた。

『レディース&ジェントルメン！　ウェルカム　トゥ　ペプシNEXプレゼンツ　MUSH & Co.デビューライブ！』

MCの第一声で、観客席はどっと盛り上がった。

『クリュードプレイの心也をプロデューサーに迎え、マッシュ、ゆーちゃん、そーちゃん、この三人組が今日この場、ライトヒアライトナウ、デビューしまーす！』

歌うのが楽しくて、どこだろうと誰の前だろうとあがったことなんて一度もない。

そんな理子も、さすがに膝《ひざ》が震えてきた。祐一と蒼太は露骨に顔がこわばっている。

「……今日、何枚のＣＤが発売されるか知ってるか？」

緊張をほぐすためか、高樹が理子の隣にきていった。

「この世に生まれるすべての音楽には、必ず誰かの想いとか人生とかが詰まってる。これからお前が歌う、デビュー曲のようにな」

この曲を与えてくれた心也は、向こうで静かに客の様子を見ている。

「でもそうやって生まれた音楽の大半が、誰からも気づかれることなく、それこそ音も立てずに消えていく。そもそも聴いてもらうチャンスさえ掴《つか》めないんだ」

理子は満員の観客席を見やった。会場のあちこちでは、長浜はじめ、たくさんのスタッフが今日のライブのために働いてくれている。

「恵まれたデビューに感謝しろ。たくさんの想いをお前の声にのせて、力のかぎり歌え」

高樹の言葉が、理子の心に重く重く染み込んでいった。実際にプロとしてステージに立つということは、そういうことなんだ。祐一も蒼太も、真摯《しんし》にその言葉を受け止めている。

スタッフにハッパをかけながら戻っていく高樹の背中に、理子たちは小さく頭を下げた。

『さあお待たせしました。いよいよ登場、MUSH & Co.！』

理子は目をつぶって深呼吸し、晴れ渡る空の下、ステージに躍り出た。

周囲からすべての音が消えた——と思った次の瞬間、拍手と歓声の大音響がきた。

満員の観客が一斉にわあっと立ち上がる。

喜びと期待に満ちた顔、顔、顔——。

理子はアコギを構えてスタンドマイクの前に突っ立ったまま、息をのんでその光景を見つめた。

たくさんの想い。その重さを噛みしめる。

高樹と心也は、仮設テントから黙ってそんな理子を見守っている。

「…………」

しだいに会場がざわめきはじめた。「歌えないんじゃない？」「大丈夫なの？」と心配する声や、「がんばれ」「マッシュちゃん！」という声援……。

祐一と蒼太は戸惑って顔を見合わせている。

「おい理子！」

祐一の声にも振り返らず、理子は静かにまぶたを閉じた。

頭の中で、秋の声がする。理子は理子の歌を歌え——と。

最後に川を眺めようと、秋はベランダに出た。

いつの間にか、植栽にいくつか夏蜜柑《なつみかん》が実をつけている。ふと、秋は枝に目を止めた。

いつかのサナギが羽化し、生まれたばかりの小さなアゲハ蝶が羽を広げようともがいている。

——大空が恐いのか？

枝に止まったまま、何度も羽を閉じたり開いたりしている蝶を見つめ、秋はポツリといった。

「……飛べ」

理子はすっと目を開け、前を見た。

ふわっ。
蝶が枝を飛び立つ。

同時に、理子の口から歌が流れ出た。

♪Tomorrow never knows
ずっとずっと
Never give up on my dream
今はじけよう

理子の強烈な歌声に圧倒され、観客がいっせいにどよめいた。
秋はかすかに笑みを浮かべ、青空に羽ばたいていく蝶をまぶしそうに見送った。

まるで、その耳に理子の歌声が届いているかのように——。

♪10年後の未来のことなんてわかんないよ
ねえ難しく考えすぎてない？

でもね明日のことなら
ちょっとイメージできるよね
ほら少し笑顔になれるよ
こわいものなんて何一つないよ
だから行こうよ

パンチのあるアップテンポの曲を、理子が笑顔で伸び伸びと歌い上げる。観客はすでに総立ちだ。

♪Tomorrow never knows

ずっとずっと
Never give up on my dream
確かなリズムで今を駆け抜けてゆこう
僕たちは
いつかいつか
きっと大人になっていくんだ
だから今はじけよう

舞台袖の高樹が、隣で見ている心也の背中をポンと叩いた。

「まあまあだな心也」

ダメな時にはバッサリと切る高樹の、これは合格サインだ。心也はうれしそうに苦笑した。やっと自分自身の存在を認めてもらえた気がする——秋の身代わりとしてでなく。

出発の用意をすべてすませた秋は、ガランとした部屋で空っぽのスティングレイのハードケースを閉じた。

――これでよかったのかもしれない。カノジョも相棒もいなくなって、一人でやり直すには。

部屋を出て、成田へ向かうタクシーの車窓から中央大橋を眺めていた時、瞬から着信がきた。

「いいライブだった」

開口一番、聞きたかった言葉をくれる。理子のデビューライブを観にいくなんて、ゆうべはひと言もいっていなかったのに。

「……そっか」

バカな親友の代わりに、ステージを見届けてくれたのだろう。

「スティングレイ預かってるから、空港行く前に取りにこい」

「理子は？」

「打ち上げ連れてかれたよ」

「……わかった、いまどこ？」

瞬が指定してきた場所は、ステージが終わったライブ会場だった。テントや椅子はそのまま残っているが、人っ子一人いない。

「……瞬？　どこだ瞬っ！」

だだっ広い会場を探し回っていると、どこからかベースの音が聞こえてきた。拙《つたな》いが、それは確かに秋が作った『R』の特徴的なベースラインだ。

音のするほうへ歩いていった秋は、つと足を止めた。

「……瞬のヤロー」

やられた。眉《まゆ》を寄せて、ため息をつく。

理子がひとり、木の椅子に座って小さなアンプに繋いだベースを弾いていた。曲はやっぱり『R』だ。CD－Rを理子に渡したのも、瞬の仕業にちがいない。

秋はしかたなく理子に近づいて声をかけた。

「下手くそ」

一生懸命弾こうとしているが、まったく再現できないらしい。

「……どーしても音がびびっちゃうんです」

理子はベースに視線を落としたまま、悪戦苦闘している。

「ギターより弦が太いから」

理子はあきらめたように立ち上がって、秋と向き合った。黙りこくる二人の間を、風が通り抜けていく。

理子は握りこぶしを作り、なんとなく秋の胸にパンチした。

「え」

秋がちょっとびっくりした顔で、その場所に手を当てる。

「……あーもうっ。いいたいことがありすぎて、ぜんっぜん言葉にできませんっ」

秋は困ったように、すぐ近くを走る高速道路に目を向けた。言葉にできない思いがあるのは、自分も同じだったからだ。

理子が、すっと顔を上げた。

「最後に一つきかせてください」

「……うん」

秋がうなずくと、ためらいがちに、理子はいった。

「小笠原さんの作る音楽は、小笠原さんそのものですか?」

まっすぐ見つめてくる瞳。はじめて出会った時と、少しも変わっていない。

――『R』の歌詞は、小笠原さんの本当の気持ちですか。理子の質問の意味はすぐにわかったけれど、秋は言葉を詰まらせた。きっと、バレバレなんだろうな。まったく、最後の最後までカッコがつかない。

目をそらさない代わりに、秋は表情を消して答えた。

「……ちがうよ」

一瞬、瞳の奥が悲しそうに揺れたが、秋の顔をじっと見つめたあと、理子は何もかもわかったようにニコッと微笑んだ。

それ以上問いただすことも、嘘を重ねたことを責めることもしない。

理子はうつむき加減で秋にスティングレイを押しつけると、くるりと背を向けて自分のアコギを手に取った。

「一緒に弾きませんか？」

一瞬見えた泣き顔が、振り返った時には笑顔になっていた。

――理子、嘘につきあわせてごめん。でも、秋に肯定の選択肢はなかった。理子を傷つけ、あれほどの思いをして別れたことが、すべて無駄になってしまう。「好きだ」たったそのひと言が、すべてを壊してしまうのだ。

秋は懸命に無表情を保ち、アコギを構えて無理やり笑っている理子を見つめた。気を抜いたら、きっと崩れてしまう。壊れるほどカノジョを抱きしめてしまう。

秋はベースを握り、そばにあったピクニックテーブルに腰を下ろした。

腕まくりをして、ゆっくりと手になじんだベースを鳴らす。

理子が、呼吸を合わせて歌いだした。

♪いきなり歌い出したり
いきなりキスをしたり
キミにはたくさん
「ごめんね」って言わなくちゃね

失くしちゃうのが怖くて
嘘ばっかついてしまうボクだけど
でもねキミの前では

本当の自分でいたかったんだ

ボクの存在が
キミの光に影を落としてしまうとしても
キミの存在は
誰かを照らし続けていてほしいんだ
ボクがいてもボクがいなくても
キミはここで輝いて

理子が心を込めて、力強く歌い上げていく。

♪もっと一緒に笑ったり
もっと泣いたりすれば良かったね
素直な想いにいまさら気づいているんだ
いつもキミを思っているよ

そこかしこに探しているよ
キミのその声が聴きたいな
今すぐここで

キミの笑顔が
ボクを暗闇から連れ出してくれたんだ
でもボクの横顔は
キミの笑顔曇らせてしまうんだ
キミがいてもキミがいなくても
ボクはここにいられない

秋が理子を想って作った曲を、理子が秋を想って歌う——本当の気持ちを口に出せないかわりに、二人は音楽で互いの心を確かめ合っていた。けれど、どうしようもなく最後の瞬間は近づいていく。

間奏に入り、理子が秋を切なく見つめながら唇を動かした。

――さよなら。

音のない別れの言葉を、秋は胸に噛みしめた。

♪手のひらに掴んだ夢を
今は追い続けていこう
一人でもきっと越えてゆける
たとえ今は現実に
縛られて息苦しくても
夜明けはたしかにやってくる

ボクのこの歌が
キミの背中をそっと押してくれるといいな
伝えたいこと

何一つ伝えられないボクだから

キミの笑顔が
ボクを暗闇から連れ出してくれたんだ
いつかボクの笑顔が
キミの笑顔とシンクロするといいな
キミとボクが出会えたこの奇跡
心から感謝しているよ

いつかこの歌キミに届くかな
ちっぽけな愛のうた

二人を照らしていた太陽が、地平線の向こうに沈んでいった。

Ｏｕｔｒｏ

演奏が終わると、秋はベースからシールドを引き抜いて立ち上がった。

「……じゃ、行くわ」

理子に背を向け、スティングレイを手に歩いていく。

かける言葉も出ないまま、理子は離れていくその背中を見つめた。

秋は一度も振り返ることなく、理子の前から去っていった。


――やっぱり、小笠原さんは最後まで優しいひとだった。

理子はギターケースを抱え、反対方向にとぼとぼと歩きだした。

本当は泣きわめいたりすがったり、行かないでってわがままいいたかった。

でも、わかってしまったから。小笠原さんが嘘を貫く覚悟を決めたこと。

真実を口にしたほうがきっとラクなのに、彼がどれほど傷つきながら嘘をついてくれたのか——。

のどの奥から熱い塊がせり上がってくる。

大丈夫。ちゃんと最後まで笑顔を作れた。

泣かずにさよならもいえた。

もう二度と会えなくても、彼のくれた歌は、誰にもふれることができない心の一番大事な場所に、ずっとずっと大切にしまっておく。どんなに大きな愛に包まれていたか、いつでも思い出せるように……。

理子の目から涙がとめどなく流れ落ちた。

もう、かまうもんか。

しゃくり上げて思いきり泣こうとした時——。

「理子」

振り向こうとした理子は背後から力強く抱きしめられ、その唇に、嘘つきな優しい唇が重なった。